Beautiful Love

Du même auteur

Un super Héros sinon rien

Juste devant toi (série en 4 épisodes)

À tes souhaits, volume 1

À tes souhaits, volume 2

Irrésistible Love

Éditions Reines-Beaux

J-10, dernière chance

Pour un sourire de Théo

Juste devant toi (version Brochée)

Blackmoon Romance (BMR)

Incroyable Fiancé

Toi+Moi = Désastre assuré (14 mai 2017)

Beautiful Love

Maddie D.

Crédits photos : Depositphotos

Design de couverture : © William Salvatore

Corrections et refonte : Team C & C

ISBN : 979-10-94216-23-1

Nous sommes tous brisés, c'est ainsi que la lumière peut entrer.

Hemingway.

Prologue

Je frissonne et souffle dans mes mains pour me réchauffer. Le froid me transperce, s'insinuant à travers mes vêtements. J'avais oublié comme il gelait dans le coin et ça ne m'aide pas à rester calme. Au contraire, plus le temps passe plus je m'impatiente. Je regarde l'heure à ma montre pour la quinzième fois depuis que je suis arrivé dans le parc. Il est en retard, comme d'habitude. Je soupire d'agacement. À quoi je m'attendais venant de lui, au juste ? À chaque fois, nous prenons rendez-vous, toujours à un endroit différent, il se pointe à la bourre. Presque sûr qu'il le fait exprès. Et chaque fois, je poireaute comme un con.

Trente minutes plus tard, une silhouette s'approche. À sa démarche, je sais que c'est lui. Il était temps, j'étais sur le point de le biper à nouveau. Pour quoi faire ? Aucune idée. Il se serait pointé, de toute façon. C'est juste que c'est lui qui décide quand il arrive et je n'aime pas être à sa merci. Je crois qu'il le sait et il en joue. Des types comme moi, il en voit des dizaines. Des types comme moi qui attendent, pathétiques, quel que soit le lieu, ou l'heure ou encore la météo. Des types dont il se fout royalement, mais auxquels il fournit l'essentiel contre des liasses de billets. Aucun mot n'est prononcé, il sait ce que je veux. Je lui tends mon argent et lui me fourgue ce que je suis venu chercher. Je saisis le sachet d'une main tremblante, les yeux brûlants d'avidité et chacun de nous repart dans une direction différente. Je m'éloigne d'un pas rapide malgré la douleur lancinante qui vrille tout mon corps. Ironiquement, mon attente prolongée dans le froid glacial de l'hiver bostonien m'a fait du bien. Le mal est plus sourd, comme anesthésié. Ça m'aidera à tenir jusqu'à ce que j'arrive. Où que j'arrive.

Je marche sans m'occuper de la direction. J'ai une boussole dans la tête, je sais où je vais. Comme un foutu pigeon capable de retrouver sa route. La comparaison me fait ricaner. Ouais, j'ai un GPS greffé au cul. Une quinte de toux me fait grimacer. Me coupe littéralement le souffle. « À trop attendre dans les courants d'air, on finit par attraper la mort. » C'est ce que me serinait ma mère. Faut croire qu'elle avait raison. Je descends la Commonwealth avenue jusqu'à Kenmore Square, puis direction ouest, sur Yawkey Way. Je ne tarde pas à rallier le Stade Fenway[1]. Le souvenir de mes sorties en famille lorsque j'étais un gosse m'a poussé à venir jusqu'ici. Merde, je n'avais pas franchement envie de cette connerie de nostalgie. Tout ça c'est du passé.

Je me faufile entre ces murs si familiers, où j'ai regardé jouer tant de fois les Red Soxs[2] avec mon père. Je ne suis pas censé être là, mais aujourd'hui j'avais besoin de me trouver en terrain connu. Je crois que c'est ce que ferait n'importe

---

1 Le Fenway Park est un stade de baseball situé dans le quartier de Fenway à Boston, dans le Massachusetts.
Source : Wikipédia.

2 Les Red Sox de Boston sont une équipe américaine de baseball professionnelle basée à Boston, dans le Massachusetts.
Source : Wikipédia.

quelle personne qui, comme moi, aurait perdu son chemin et je sais que ma présence ici s'apparente à un délit d'infraction mais je suis humain. J'ai juste besoin de me trouver un coin tranquille, est-ce que c'est trop demander ? D'ici, personne ne me verra, et je suis protégé par les murs du stadium, les lumières sont éteintes et j'aime bien cet endroit. Mais chez moi, il ne flotte pas cette ambiance particulière, cette allégresse propre au Fenway. Malgré l'heure, si je ferme les yeux, je peux presque entendre les cris de la foule. Comme quand j'étais gosse. Comme quand j'avais une famille.

Je m'installe en haut des gradins et sors mon matos. J'aurais pu faire ça chez moi, c'est ce que je fais d'habitude et il y fait bien plus chaud mais je ne pouvais plus attendre. Dehors, en ville, tout est illuminé. Brillant. Joyeux, en ces quelques jours qui précèdent Noël. *Noël – en famille.*

En réalité, l'approche de ces fêtes m'est pénible, en particulier aujourd'hui. Le dix-huit décembre me rappelle trop d'horreurs. La solitude, la torture, la douleur. Je serre convulsivement les mâchoires et respire calmement, essayant d'enfouir profondément en moi ces souvenirs, puis je me focalise sur ces lieux qui m'ont procuré tant de joie, gamin. Dans la pénombre du stade, je distingue la pelouse à mes pieds et pendant un moment, je m'imagine faire un tour d'honneur comme ces joueurs que j'admirais enfant.

Soudain, malgré la température, je crève de chaud. Puis les crampes au ventre font leur entrée. J'enlève mon manteau et le plie avant de le poser près de moi. Je m'en servirai comme oreiller. J'attrape alors le garrot remonte le bas de mon pantalon et place le lien autour de mon mollet d'un geste mécanique, puis je prends une des fioles dans le sachet, transperce l'opercule et pompe la morphine à l'aide de la seringue. Le produit se diffusera plus lentement mais je n'ai pas le choix, mon bras gauche est couvert de traces de piqûres et il faudra du temps avant de pouvoir y injecter quoi que ce soit.

J'aurais pu me planter l'aiguille dans le bras droit, car je ne sens rien. Mais plutôt mourir que réessayer cet endroit et impossible de trouver une veine sous la peau. Je ne suis pas douillet, mes terminaisons nerveuses ont cramé en même temps que le côté droit de mon corps – de l'abdomen jusqu'à la mâchoire. Ça, en revanche, ça m'a fait un mal de chien. Cette foutue brûlure au troisième degré et les greffes qui n'ont pas servi à grand-chose à part me laisser des cicatrices et une douleur physique aiguë, insupportable. Celle qu'on endort à coup de calmants... Même si, quoi que je puisse en dire et quelle que soit l'excuse derrière laquelle je me cache, la douleur s'estompe depuis quelque temps. Pour autant, je n'ai pas diminué mon recours aux analgésiques. C'est juste... l'habitude. La morphine est devenue une amie, la béquille sur laquelle je m'appuie. J'en prends surtout pour éloigner la douleur morale, les cauchemars et les fantômes. La culpabilité. Je suis faible, je le sais. Mais on a tous nos démons, n'est-ce pas ? Moi, j'ai choisi d'endormir les miens. Les sédatifs calment mon esprit torturé, m'enveloppent dans du coton, m'abrutissent jusqu'à l'oubli. J'appuie sur le piston, m'injectant ma dose nécessaire à l'engourdissement temporaire de mon corps.

J'attends un peu, m'allonge et, les yeux grands ouverts, je respire lentement tandis que la fée Morphée coule dans mes veines. Je n'ai pas froid, je suis bien.

Non loin de moi, une lumière vive scintille.

Je ne savais pas que celles du parc s'allumaient aussi la nuit...

Peu à peu la lueur se fait plus intense, m'éblouissant presque mais ça ne me dérange pas vraiment, je reste concentré sur mon souffle et je suis calme. Si calme, que je parviens à entendre les battements de mon cœur ralentir. La quiétude remplace l'angoisse constante et étouffante. Je ferme les yeux un instant, relâche mes bras et me laisse sombrer. En apesanteur, je savoure le vide salvateur et accueille la torpeur avec un bonheur indicible.

Venant de très loin, à travers les limbes, je sens qu'on me palpe. Je grogne. Qu'on me foute la paix, je suis bien, là. De nouveau, la lumière aveuglante de tout à l'heure. Elle transperce la barrière de mes paupières, désagréable. Est-ce que je suis en plein rêve ? Puis une voix – du moins c'est ce qu'il me semble tant les bruits me paraissent étouffés. Quelqu'un me parle, oui, c'est cela. Mais ma bouche refuse de fonctionner et je n'ai aucune envie de faire le moindre effort de toute façon. On me secoue, encore et encore. Mon corps pèse une tonne et pourtant j'ai l'impression d'être une de ces poupées de chiffon toutes molles. Et cette voix qui n'arrête pas de m'interpeller...

— Putain, gamin ! Fais pas le con, reste avec moi !

Chapitre 1

Jayla

Un large sourire sur les lèvres, j'entre dans l'appartement et jette un regard circulaire autour de moi.

Dans le coin à droite, juste à côté de l'immense fenêtre, je mettrai une plante. Une espèce de ficus, pourquoi pas et là, à l'opposé, j'installerai le canapé et la table basse. Il faudra que j'achète quelques bibelots super cool pour donner du caractère au salon, peut-être quelques sculptures tribales, un tapis à poils si longs que mes pieds se perdront dedans, quelques coussins colorés, peut-être même brodés de sequins brillants. Un tableau ou deux. Des étagères pour aller sur tout un pan de mur, afin d'en faire une immense bibliothèque. Un ou deux plaids assortis au canapé. J'espère que d'ici quelques semaines, cet endroit ressemblera à l'appartement de mes rêves. *Mon appartement.*

J'ai finalement décidé de quitter le giron familial – à bientôt vingt-quatre ans, il serait temps, me direz-vous. Contrairement à ce que cela laisse penser, j'étais bien chez mes parents : je faisais ce que je voulais, mon linge était lavé et plié, je mangeais bien et équilibré ; j'étais en sécurité, dorlotée... mais j'entame ma dernière année à la fac et plus le temps passe, plus je sens grandir en moi un certain besoin d'indépendance. Maintenant, je vais pouvoir vivre ma vie – sexuelle, je veux dire – comme je l'entends !

Bon, d'accord, j'avoue que le manque de sexe n'est pas ce qui m'a décidé à partir. Jusqu'à récemment, je m'arrangeais avec mon copain du moment et nous n'étions jamais en panne d'endroits tranquilles où nous retrouver même si parfois, il fallait jongler avec les horaires de ses colocataires. En fait, je crois qu'à un moment donné, quelque chose dans mon horloge biologique s'est déclenché et à partir de cet instant, je n'ai eu d'autre idée que de me trouver un chez-moi, un peu comme l'oisillon prêt à voler quitte le nid. Après quelques semaines de recherches infructueuses, j'ai fini par trouver ce deux- pièces- cuisine en plein dans Back Bay – merci à Hank, qui me le loue pour trois fois rien. Je crois que jamais je ne le remercierai assez, ni mes parents d'ailleurs, bien qu'ils aient tenté de cacher au mieux leur soulagement de me voir les quitter. Comprenons-nous bien, il est évident qu'ils m'aiment plus que tout mais j'imagine qu'ils sont heureux de se retrouver juste tous les deux, en amoureux, ils sont encore jeunes et pleins de vigueur et... OH. MON.DIEU. Mes parents ont une vie sexuelle !

Pourquoi je pense à ça ? Je vais devoir me laver le cerveau à l'eau de javel pour oublier… ça !

Bref.

Sans Hank – mon patron au Headquarters, le bar dans lequel je travaille depuis deux ans, et maintenant mon propriétaire – j'aurais dû rester chez papa et maman ou espérer qu'il y ait encore une place dans un dortoir à la fac.

Comme je doute posséder une quelconque aptitude à vivre en communauté – entendons-nous bien, je ne suis pas chiante, ni psychorigide mais j'ai mes petites habitudes – je crois que je n'aurais pas quitté le domicile familial, en fait. Ce qui, d'après ma vision de la vie, n'est pas très compatible avec le fait de chercher puis trouver le grand amour. À condition que celui-ci s'adapte à mes bizarreries.

Je suis du genre à passer mon temps à analyser les gens, à les psychanalyser contre leur gré, parfois. Peu de personnes supportent ce genre de choses, je ne le fais pas exprès, je suis comme ça : je ne peux pas m'empêcher de fourrer mon nez partout. Pas que je sois curieuse, je cherche surtout à faire en sorte que tout aille pour le mieux dans leur vie, alors, je ne peux m'empêcher d'essayer de les réparer. Dans leur psyché. Dans leur âme. Ou alors, je les conseille lorsqu'ils ne semblent pas savoir quoi faire de leurs problèmes ou leur absence de problèmes – croyez-moi, il y en a qui se plaignent de ne pas avoir de problèmes et même d'autres qui paniquent parce qu'ils ne comprennent pas pourquoi tout marche à la perfection dans leur vie. Je suis en dernière année de master de psycho et plutôt douée dans ce truc, à vrai dire. Je ne sais pas encore si je veux exercer en tant que psy, ou coach ou choisir d'être une espèce de mentor qui dirait aux gens comment faire pour aller mieux. Je pourrais aussi devenir gourou, décider d'un endroit où implanter mon ashram, mes fidèles et moi chanterions toute la journée et recouvririons le monde entier de colliers de pâquerettes… À bien y réfléchir, psy me paraît être une bonne option, de plus c'est plutôt lucratif et surtout c'est totalement légal, contrairement au truc de gourou qui sonne un rien psychopathe et sectaire. Comme je le disais, j'aime aider les gens. Les êtres humains sont parfois étranges, ils avancent dans la vie comme s'ils étaient aveugles et sourds et s'il n'y avait pas des personnes comme moi pour leur permettre d'ouvrir les yeux, d'y voir plus clair, ou parfois, juste pour parler et se décharger de leurs angoisses, ils passeraient leur temps à tourner en rond, comme des hamsters dans leur roue. Un jour, je serai payée pour ça, j'aurais une plaque vissée à un mur, un bureau dédié, une salle d'attente, un carnet de rendez-vous, des patients...

En parlant de « patients », les voilà, les bras chargés de cartons, suant et râlant après moi. Eux, c'est Xander et Meg, le couple le plus mignon et le plus amoureux qu'il m'ait été donné de voir. Bon, d'accord, ils sont aussi le seul que j'aie jamais aidé à se former. Mais je n'y suis pour rien, à ma décharge, Xander n'est reparu dans la vie de Meg que l'an dernier et... tout professionnel doit bien commencer quelque part ! Ces deux-là s'aiment depuis l'enfance – du moins, lui le savait, mais elle... est du genre particulièrement aveugle. Heureusement que j'étais là pour lui faire ouvrir les yeux ! Sortant de la chambre dans laquelle j'ai passé les dix dernières minutes à visualiser mentalement la déco, je lâche un soupir de contentement en les regardant s'embrasser tendrement et me retiens de leur rappeler qu'ils me doivent leur bonheur. C'est devenu une plaisanterie entre nous et à chaque fois que j'aborde le sujet, j'ai droit à un câlin.

Quoi qu'il en soit, ils vivent ensemble depuis six mois et, si Meg est en dernière année comme moi, Xander lui est un concepteur d'applications de génie et en passe d'être mondialement reconnu. Ils sont fiancés depuis quelques semaines et parfois, en les voyant respirer le bonheur, je ne peux m'empêcher de les envier un tout petit peu.

Moi aussi j'aimerais connaître le même amour inconditionnel qui les lie, ainsi que toute leur complicité. Mais pour le moment, j'ai d'autres choses à penser. Je viens de déménager et je dois rester focalisée sur ma dernière année afin de décrocher mon diplôme. Ensuite, seulement, je pourrais me concentrer sur l'amour.

Chapitre 2

Jayla

— J'ai cru qu'on n'arriverait jamais au bout de nos peines ! soupire Meg en se laissant tomber sur mon canapé.

Xander prend place près d'elle tandis que je m'installe en face d'eux, sur la vieille malle en cuir que mes amis ont eu tant de mal à monter jusqu'au deuxième étage. J'imagine que si je l'avais vidée au préalable, ils auraient eu moins de difficultés mais faire le tri dans les souvenirs qui y sont enfermés m'aurait pris un temps monstrueux.

L'instant d'après, elle mord à pleines dents dans sa part de la pizza que nous avons commandée un peu plus tôt et laisse échapper un gémissement de contentement.

Pendant quelques minutes, je me sens vaguement honteuse. On ne peut pas dire que j'aie vraiment donné de ma personne aujourd'hui à part pour indiquer à mes amis dans quelle pièce allait chaque carton et m'occuper du repas merci à mon téléphone et à Julio, le pizzaïolo. Et comme ils me connaissent bien, ils ont eu la présence d'esprit de ramener des boissons. Heureusement, car j'étais tellement excitée à l'idée d'emménager que je n'ai pensé à rien et mes placards sont vides.

— Merci de m'avoir aidée ! dis-je en prenant ma bouteille de Bud et la levant en direction de mes amis.

Xander me sourit en inclinant la tête puis nous trinquons tous trois.

— À ton nouveau chez toi ! s'exclame-t-il

— Au nouvel appartement, Jayla ! renchérit Meg d'une voix douce.

Nous prenons chacun quelques gorgées de bière, le sourire aux lèvres, puis les reposons dans un bel ensemble, ce qui a pour effet de nous faire éclater de rire. Le repas se passe sous le signe de la bonne humeur et bientôt nous avons englouti le contenu des deux cartons de pizza. Cette première soirée dans mon nouveau chez moi est très agréable et je ne pouvais espérer mieux que de me trouver là, accompagnée de mes deux amis. J'aurais tout de même aimé que mes parents soient aussi de la partie mais ils avaient d'autres obligations et je ne les verrai que demain. Au moins ont-ils été à mes côtés le jour de la visite. Maman m'a promis de me ramener un petit quelque chose. Telle que je la connais, elle se mettra aux fourneaux toute la nuit et me ramènera de quoi manger «équilibré et sain» pendant un mois. Ne pouvant cacher un sourire d'anticipation, je reprends une gorgée de Bud avant de m'adresser à Meg.

— Prête pour cette dernière année, Meg chérie ? Tu as déjà trouvé un stage ?

— Oui, je suis prête. J'avoue ne pas être mécontente de voir le bout du tunnel, même si je crois que la fac va me manquer.

Xander entoure les épaules de sa fiancée d'un bras protecteur avant de la serrer contre lui. J'adore les voir ainsi, même si parfois je trouve qu'ils dégagent trop d'amour et c'en est limite écœurant. Si je ne réponds pas vite, il va l'embrasser et je vais encore me retrouver à tenir la chandelle. Dans mon propre appartement. Dégoûtant.

— Meg chérie, dis-je en soupirant exagérément, tu es la seule personne que je connaisse à regretter ça. Dans quelques mois, adieu la fac, nous entrerons dans le monde des actifs, nous serons adultes ! Enfin… toi, parce que moi, j'ai encore cette histoire de doctorat à passer...

— Je te signale que nous le sommes depuis quelques années maintenant. Le truc des vingt-et-un ans, ça te dit quelque chose ?

— Seigneur ! Je ne te parle pas de ce pseudo-rite de passage dans l'étape post-pubère, consistant à se mettre minable à coup de vodka ou autres alcools dès que l'occasion se présente. Rien à voir avec la majorité ! Moi, je te parle de devenir vraiment adultes, d'avoir des responsabilités : appart, job, se mettre en couple, prendre un chien pour agrandir la famille...

Aussitôt mes paroles prononcées, je m'interromps et me mords nerveusement les lèvres.

— Bon d'accord. Mettons que *toi*, tu aies déjà accompli la majeure partie du chemin, reprends-je en essayant d'ignorer les ricanements de Meg et Xander. Ce n'est pas le cas de tout le monde dans cette pièce.

— Nous n'avons pas encore de chien, si ça peut te consoler, me taquine Xander.

Je lève les yeux au ciel et croise les bras sur ma poitrine, affectant un air faussement boudeur. Parfois, même si ça me défrise de l'admettre, j'envie un peu mon amie : j'aimerais tant être à sa place. Avec quelqu'un d'autre.

Non pas que Xander ne soit pas absolument charmant, il est même très sexy sans compter qu'il n'est pas loin d'être riche, mais il est déjà pris et ... Oh, seigneur ! Pourquoi est-ce que je me justifie envers... moi-même ?

Meg vient s'accroupir près de moi et me prend dans ses bras pour me réconforter. Elle sait que mon célibat me pèse un peu mais que je cherche à me purifier de ma précédente tentative de relation, désastreuse. J'avais pourtant senti que quelque chose n'allait pas avec Josh sans pour autant pouvoir mettre le doigt dessus. Entre nous, ça n'a duré que quatre mois mais j'en suis sortie avec quelques bleus à l'âme. Pour quelqu'un comme moi qui me targue de pouvoir décrypter aisément l'âme humaine, j'ai été sacrément naïve. Meg me dit que ce n'est pas de ma faute, que quand on a un coup de cœur, on est aveuglé. Si les trois premières semaines, tout allait pour le mieux, j'ai vite déchanté. Entre ses coups de téléphone au beau milieu de la nuit, allant jusqu'à réveiller mes parents, les fois où il m'attendait devant leur domicile, titubant tant il avait bu, ses crises de paranoïa où il m'imaginait avec d'autres garçons, les endroits où il disait m'avoir vu en leur compagnie alors que j'étais avec Meg et Xander et cette fois... cette terrible fois où il a levé la main sur moi, j'ai dû me rendre à l'évidence : Josh était malade et avait besoin d'aide. Mais pas de la mienne.

Avec tout cela, mes certitudes quant à mes capacités à devenir psy, le bien fondé de m'engager dans cette voie ont chancelé et heureusement que j'avais Meg et mes parents pour me rassurer. Et ce n'est pas parce que je n'ai pas vu venir la folie de mon ex que je serai incapable d'aider mes futurs patients. J'espère juste qu'un jour Josh ira mieux.

— Jayla ? Arrête de te sentir coupable, OK ?

La voix douce de mon amie me ramène à la réalité. Je cligne des yeux rapidement et me force à afficher un sourire. Meg a raison, je ne suis pas responsable.

Encore une étreinte et elle repart s'installer près de Xander. Nous passons le reste de la soirée à discuter calmement mais gaiement. Sciemment, j'oriente la conversation sur les dernières nouvelles concernant l'application du fiancé de Meg, sur ses projets pour l'avenir, maintenant qu'il est « riche à millions ». J'aime bien le taquiner à ce sujet, d'autant qu'il n'a rien de ces gars bourrés d'argent, superficiels, hautains et irrespectueux. Xander est l'opposé de ce genre de personnes. Et je suis tellement heureuse qu'il ait réussi à montrer à Meg à quel point il l'aime, ils vont si bien ensemble !

Et voilà ! Si ça continue, je vais me mettre à pleurer juste en les regardant. Je suis trop sensible. Il faut vraiment que je me change les idées.

Je me reprends juste avant de fondre en larmes devant eux. J'ai beau dire et essayer de le cacher à ma famille et à mes amis, je ne suis pas encore remise de mon histoire avec Josh. J'ai vraiment hâte de reprendre les cours, comme cela j'aurai de quoi m'occuper l'esprit. Et qui sait, je rencontrerai peut-être quelqu'un ? Un garçon beau, intelligent, gentil, doux et surtout sain d'esprit.

Peut-être devrais-je commencer par envisager de faire passer un test à mes potentiels flirts pour déterminer s'ils souffrent d'un éventuel problème mental ? Après vérifications, on se mettra en couple, j'aurai mon diplôme et plus tard, après mon doctorat en psychologie, je recevrai des gens dans mon bureau pour les écouter parler. Et puis, au bout d'un moment, mon amoureux et moi finirons par prendre un chien afin de partager notre amour qui sera devenu trop grand pour juste nous deux...

En attendant, une nouvelle année se profile, je vais devoir mettre les bouchées doubles afin d'obtenir les meilleurs résultats possibles à mes partiels tout cela en même temps que je vais travailler. En accord avec Hank, je serai moins présente au Headquarters, car j'ai trouvé une place de bénévole dans un dispensaire. Cette année est vraiment très importante puisque je vais pouvoir mettre en œuvre tout ce sur quoi j'ai étudié ces dernières années. Et surtout, je vais découvrir si je ne me suis pas trompée de voie. Je ne dois rien lâcher, même si je suis fatiguée ou déçue ou triste, mon avenir en dépend.

Il est temps d'entrer dans le monde des adultes.

Chapitre 3

Jayla

Les jours passent et je partage mon temps entre le Headquarters, mes sorties avec Meg et la décoration de mon appartement. Comme je m'en étais doutée, ma mère est venue à la maison avec un chargement indécent de victuailles. Il y en avait tellement que je suis presque sûre que le coffre de la voiture en était plein à craquer. Grâce à elle, je n'ai pas vraiment besoin d'aller faire des courses mais j'avoue que j'aime avoir des trucs bien gras et bien sucrés dans mes placards. Et si le plus souvent, je bois de l'eau, je raffole des sodas et je ne suis pas contre une bière de temps à autre.

J'ai bientôt fini de décorer les lieux à mon image et même si les murs n'ont pas tout à fait la bonne couleur – honnêtement, je ne suis pas douée avec un rouleau de peinture et je n'ai pas les moyens de faire venir des professionnels, aussi ai-je décrété que blanc-jaune était une couleur sympa – aujourd'hui, je me sens bien entre mes quatre murs. Je n'ai pas à me plaindre : Le quartier est calme et je suis à un saut de puce de toutes les commodités. La seule ombre au tableau est l'épaisseur des murs, du moins dans ma chambre, car dans les autres pièces, je n'entends rien.

Depuis que je suis ici, soit environ une semaine, je suis quelque peu dérangée par les bruits qui viennent de l'autre côté de la cloison, c'est à dire de chez mon voisin. Merci à Hank qui m'a dit qu'il possédait un autre appartement dans l'immeuble et qu'il l'avait loué à un homme, sans pour autant mentionner qu'il s'agissait de celui d'à côté et que le locataire en question était du genre bruyant. Je pars du principe que chacun est libre de faire ce qu'il veut chez lui mais... sérieusement, qu'il dise à ses copines de baisser d'un ton quand ils baisent ! Si les deux premiers jours, les ébats pour le moins exubérants des occupants de l'appartement jouxtant le mien m'ont fait rire, au bout d'une troisième nuit sans dormir plus de trois heures, j'ai commencé à voir rouge. Et si j'ai eu, l'espace d'un instant, une irrépressible envie de me lever et d'aller tambouriner à la porte de mon voisin pour lui demander de bien vouloir bâillonner sa grognasse pendant qu'il la faisait jouir, je me suis vite dégonflée. Après tout, je suis une femme seule et même si j'imagine que Hank ne louerait pas son bien à n'importe qui et encore moins à un psychopathe, je n'ai pas vraiment envie de savoir si le type qui vit de l'autre côté du mur l'est ou non.

J'ai donc fini par m'acheter des bouchons d'oreilles, après avoir passé une nuit sur mon canapé tant la fille du jour gueulait. Je mentirais si je disais que tout ce raffut n'attise pas ma curiosité. C'est vrai quoi, vu les allées et venues, ce type semble être un véritable Don Juan en plus d'être une bête de sexe ! Ou alors, c'est un gigolo. En vérité, son activité sexuelle bruyante et régulière fait écho à la mienne, pour le moins inexistante. Et bordel, oui, je suis jalouse ! Moi aussi, j'aimerais avoir des plans cul réguliers !

J'ai fini par me plaindre ce qui se passait de l'autre côté de la cloison à Meg et Xander. Compatissant, ce dernier a proposé d'aller frapper chez moi voisin, histoire de régler les choses une bonne fois pour toutes ; simplement, je suis courageuse mais pas téméraire et j'avoue avoir peur d'éventuelles représailles. L'autre soir, ils sont même restés plus longtemps et se sont rendu compte avec effarement de l'enfer que je vis au quotidien. Meg et Xander m'ont conseillé de surenchérir la prochaine fois que mon voisin se livrera à une séance de sport en chambre. Bien que cela soit séduisant, j'imagine que les autres locataires de l'immeuble ne seront peut-être pas ravis d'assister au concours de celui qui jouira le plus fort. Pour autant, si j'osais, cela amènerait peut-être le locataire d'à côté à se calmer un peu ? L'idée mérite que je me penche sérieusement dessus.

Sorti des nuisances sonores, je m'habitue peu à peu à ma nouvelle indépendance et je n'arrive pas à croire que je n'en ai pas eu envie avant. C'est tellement génial de n'avoir personne sur le dos pour me dire à quelle heure manger, me demander à quelle heure je compte rentrer et avec qui je sors. Bien entendu, je n'étais pas prisonnière chez mes parents mais ici, je ne compte que sur moi et je n'ai plus à gérer mon emploi du temps en fonction du leur. Plus de règles. Juste la liberté.

J'adore ça, même si je dois bien admettre qu'au bout d'une semaine, ma petite maman et mon petit papa chéri me manquent.

C'est la raison pour laquelle j'ai été leur rendre visite aujourd'hui.

La journée s'est très bien passée, entre un repas sain et équilibré bien que pantagruélique, une bonne heure passée à regarder des photos datant de l'époque où je portais encore des couches sous le regard ému de ma mère tandis qu'avec mon père, nous avons parlé de mes plans de carrière et de ma place de bénévole au centre d'appel du dispensaire. Papa me met en garde et me demande de prendre mes distances avec les gens qui m'appelleront, de ne pas me sentir concernée plus que cela par leurs problèmes. Je comprends qu'il s'inquiète pour moi, surtout depuis ma mésaventure avec Josh. Mais ce job, du moins cette place de bénévole, va me permettre de repartir sur de bonnes bases et de me débarrasser de mes doutes. Ou alors, cette expérience me fera découvrir qu'au contraire, je ne suis pas faite pour cela. J'avoue que cette hypothèse me fait peur, car j'ai tout misé sur le fait que j'allais entamer une carrière de psy. Après tout, on verra bien. Ce n'est pas la peine de m'avouer vaincue d'avance.

En fin de journée, je quitte le domicile de mes parents. J'ai récupéré quelques affaires dans mon ancienne chambre et maman m'a encore renvoyée chez moi avec assez de nourriture pour tenir un siège et je dois faire plusieurs allers et retours pour vider ma voiture. Mon appartement étant situé au deuxième étage sans ascenseur, je finis par être en sueur lorsque j'arrive au bout de mes efforts. Je cale tant bien que mal contre ma hanche les boîtes contenant les petits plats de ma mère pour prendre mes clés dans la poche de mon jean, tout en avançant à pas comptés dans le couloir menant chez moi.

Je ne m'attendais pas au choc frontal qui m'expédie au sol, sur les fesses, ni à me retrouver avec des spaghettis et des boulettes de viande dans les cheveux.

Hébétée, je cligne des yeux en me demandant comment j'ai pu me prendre un mur alors qu'il me semblait que j'avançais en ligne droite, lorsqu'une voix s'élève.

— Pouviez pas faire attention ? Ne comptez pas sur moi pour nettoyer votre bazar !

Hum… Sympa …

L'homme qui m'a foncé dedans passe près de moi sans aucune considération. Ulcérée, je me relève en faisant attention à ne pas glisser dans la sauce tomate étalée sur le sol et me tourne vers l'individu qui m'ignore carrément, trop occupé à filer vers les escaliers. Grand, les épaules larges, il est en tenue de sport, une casquette vissée sur une masse de cheveux bruns qui auraient besoin d'une bonne coupe, vu comme ils semblent boucler sur sa nuque. Malgré moi et le fait qu'il soit de dos, je ne peux faire autrement que de remarquer qu'il est musclé et que son vêtement de sport moule un adorable petit cul. Un peu de sauce tomate coule dans mes yeux et je me reprends, soudainement furieuse de m'être laissée aller à contempler ce type alors qu'à cause de lui, l'un de mes plats préférés jonche le sol, juste devant ma porte.

— Non, mais dites donc, vous ! Ça vous écorcherait d'être un peu aimable ? crié-je sans pouvoir me retenir.

Un amas de spaghetti glisse de mon front pour venir s'écraser par terre dans un immonde « splotch ! ». J'ai soudainement envie que le sol s'ouvre sous mes pieds.

— Pas le temps ! rétorque-t-il d'une voix riche et profonde, très... sexy.

Du genre de celles qui me collent des frissons en temps normal. Sauf que là, j'ai plutôt envie de hurler. Je n'en reviens pas, ce type est d'une impolitesse ! Avant que je puisse ajouter quoi que ce soit, le malotru descend les marches en courant, me laissant seule, dégoulinante et absolument furax.

Une heure plus tard, j'ai les cheveux propres, de nouveaux vêtements, lancé une machine et nettoyé le palier. J'ai dû m'y reprendre à plusieurs fois avant que le sol ne soit plus aussi glissant qu'une patinoire. Même si ma mère a pour habitude de cuisiner des plats équilibrés, il n'en reste pas moins que lorsqu'elle fait des boulettes, elle ne lésine pas sur l'huile d'olive. J'ai eu toutes les peines du monde avant que l'endroit ne soit plus dangereux pour quiconque viendrait à y passer. Au moment où je rentre chez moi, j'entends des pas rapides dans l'escalier et une respiration saccadée. N'ayant aucune envie d'une nouvelle confrontation avec l'abruti de tout à l'heure, je referme vivement la porte de mon appartement et pousse la chaîne de sécurité. Je sais bien que le quartier est calme, mais ces derniers temps, j'ai les nerfs à fleur de peau. Malgré tout, je colle mon œil au judas, prise d'une irrépressible curiosité.

Imbécile ! Tu sais bien que dans les films, c'est pile comme ça que les gens meurent, tués par l'horrible psychopathe !

Malgré l'avertissement de ma conscience, je ne bouge pas d'un centimètre. C'est plus fort que moi, comme si quelque chose me poussait à (me faire tuer) regarder qui arrive à mon étage. J'ai tout juste le temps de voir passer le profil du type de tout à l'heure. Il s'arrête devant l'appartement d'à côté. Puis, j'entends un bruit de clés dans une serrure et une porte qui claque.

OK. Je viens de rencontrer mon voisin… Non seulement il m'empêche de dormir la nuit mais en plus, il est doté d'un caractère de merde.

Après ce qui vient de se passer, j'ai vite fait de cerner le bonhomme et je crois que je ne l'aime pas.

Chapitre 4

Jayla

— Mais quel gros con ! m'exclamé-je pour la centième fois au moins tandis que je place quelques cocktails sur mon plateau.

— Ça va Jayla, on a compris ! grogne Lindsay, une de nos collègues, nouvellement arrivée.

Je lui lance un regard noir, aussitôt imitée par Meg. Je n'aime pas cette fille. Enfin, ce n'est pas que je ne l'aime pas, mais j'ai du mal à ressentir quoi que ce soit de bon, vis-à-vis d'elle. C'est peut-être parce qu'elle est l'archétype même de la blonde un peu écervelée et dénuée de toute empathie pour qui que ce soit. Le genre de fille qui a dû être Cheerleader en chef, habituée aux regards concupiscents des hommes. Le genre de fille qui lorsqu'elle me regarde en penchant la tête sur le côté, une main sur la hanche, l'autre jouant avec les boucles dorées de ses cheveux me fait clairement comprendre que je ne suis pas de sa bande. *Charmant.* À chaque fois que je suis de service et qu'elle est là, je sens remonter en moi mes plus bas instincts – c'est-à-dire, lui coller ma main dans la figure.

— Dis-moi, cocotte : tu pourrais aller voir ailleurs, si j'y suis ?

— Et toi ? Tu veux que j'aille voir Hank pour lui dire à quel point tu es agréable avec moi ? Tu es bien censée me former, non ?

Je me fige aussitôt et malgré moi, je sens ma mâchoire se décrocher. Mon sang ne fait qu'un tour.

Je vais la tuer si elle ne se tait pas. Je vais la tuer !

Meg intervient aussitôt, consciente du danger. Faisant le tout du bar, elle me rejoint et dépose le reste des consommations sur le plateau avant de le pointer du doigt.

— Lindsay, pour la table quinze, le groupe de barbus.

— Mais, c'était à Jayla de s'en charger ! proteste miss blondasse d'une voix plaintive.

Meggie se plante devant elle et lui adresse un grand sourire.

— Oui, mais c'est l'heure de notre pause et comme tout le monde est occupé… Tu ne voudrais pas faire attendre les clients, n'est-ce pas, *Lindsay chérie* ? Imagine ce que dirait Hank si l'un d'entre eux venait se plaindre de la lenteur de *ton* service ?

— Vraiment, Meg ? Tu veux jouer à ça ?

Mon amie me regarde et nous haussons les épaules avec désinvolture, le tout dans un bel ensemble. La nouvelle reste coite un instant puis s'adresse à nous, les yeux fulminants de rage.

— Je… je lui dirai que ce n'était pas à moi de le faire !

J'essaie de ne pas ricaner. Lindsay est comme la plupart de ces filles hautaines, tout dans l'apparence, mais derrière, c'est du flan. Le sourire de Meg s'élargit en constatant sa victoire. Dans deux secondes, elle va lui asséner le coup de grâce.

— Et nous lui soutiendrons le contraire ! Nous travaillons ici depuis plus longtemps que toi, Hank nous connaît et nous fait confiance. Qui crois-tu qu'il croira ? rétorque mon amie d'une voix doucereuse.

Je crois que je n'ai jamais aimé Meg plus que maintenant. Enfin, si, bien sûr, mais là, sa façon de rabattre le caquet de l'autre pouffiasse force l'admiration. Si j'avais le temps – et surtout, envie de rajouter de l'huile sur le feu – je me prosternerais à ses pieds. Je trouverai un moyen de lui montrer qu'elle vient de passer en un instant du rang de meilleure amie à celui de super-héroïne. Plus tard.

Laissant Lindsay à son service, nous nous dirigeons vers les vestiaires d'un pas léger sous le regard de Hank, qui bien que discret n'a rien raté de l'échange musclé entre nous. J'hésite à baisser les yeux lorsque je le vois secouer la tête d'un air mi-amusé, mi-désapprobateur, mais Meg raffermit sa prise autour de mon bras et lance un « quoi » insolent à notre patron qui finit par hausser les épaules. Meg a décidément beaucoup gagné en assurance. Je soupire de dépit. Il y a encore quelques mois, les rôles étaient inversés. De nous deux, j'étais celle qui ouvrait le plus sa bouche, celle qui fonçait sans se soucier des conséquences et surtout celle qui écoutait et donnait des conseils avisés. Aujourd'hui, j'ai l'impression de m'être en quelque sorte perdue de vue. Que je serai incapable d'être à nouveau celle que j'étais avant.

— Arrête ça tout de suite, Jayla !

Hébétée, je bats des cils.

— Tu broyais du noir, m'explique Meg d'une voix douce.

— Excuse-moi, je...

Elle ouvre la porte et me pousse dehors avant de me rejoindre. L'instant d'après, elle se tient face à moi, ses mains posées sur mes épaules, un air sérieux sur le visage.

— Répète après moi : je suis une battante, une fille fantastique, belle et intelligente. Je ferai une psy merveilleuse.

Mes yeux dans les siens, je suis incapable du moindre mot. Pense-t-elle ce qu'elle vient de dire ou est-ce pour me faire plaisir ? Ai-je l'air en si mauvais état ? Est-ce ce que les gens voient en moi ?

— Jayla Waters..., si tu ne fais pas ce que je te dis, je préviens tes parents que tu ne vas pas bien !

Jésus Marie Joseph ! Si elle le fait, je suis sûre de voir débarquer maman dans l'heure et fini la tranquillité. Elle exigera de moi que je revienne m'installer dans mon ancienne chambre et me traitera comme si j'avais cinq ans. Quant à papa, il m'accompagnera où que j'aille. Au boulot, à la fac... Pas que cela me dérange d'être choyée par mes parents, mais je suis une adulte responsable tout à fait capable de prendre soin de moi et de m'en sortir et...

— Je suis une battante, une fille fantastique, belle et intelligente et je ferai une psy merveilleuse !

Je débite la phrase comme si ma vie en dépendait, ou presque. Et le pire, c'est que j'y mets beaucoup de conviction. Tellement que Meg et moi nous fixons d'un air surpris, puis éclatons de rire.

— Je savais bien que j'arriverais à te dérider ! finit par dire mon amie une fois qu'elle a recouvré son calme. Et si tu me racontais pourquoi tu es de si mauvaise humeur ? Sérieusement, à part « Mais quel gros con, ce type », tu n'as pas dit un mot de plus.

Nous nous asseyons sur les chaises mises à disposition par Hank après que nous nous soyons plaintes d'avoir des crampes à force de rester debout pendant nos pauses, il y a de cela quelques mois.

— C'est à cause de mon voisin, commencé-je sur un ton énervé.

— Quoi ? L'obsédé ?

Je lance à Meg un regard lourd de sous-entendus.

— À ton avis ? Ce type me sort par les yeux ! Non seulement, j'ai du mal à dormir à cause du raffut qu'il fait avec ses... ses...

— Ça va, j'ai compris, m'interrompt mon amie avant que je ne me montre plus vulgaire que je ne le voudrais. Mais tu ne m'avais pas dit utiliser des bouchons d'oreilles ?

— Ouais. Mais figure-toi qu'hier soir, impossible de mettre la main dessus. Bien entendu Monsieur Sexe-En-Feu...

Meg ne peut s'empêcher de rire.

— Tu lui as donné un surnom ? J'y crois pas ? Monsieur Sexe-En-Feu ! Oh. Mon. Dieu ! C'est trop drôle !

Je la fais taire d'un regard.

— Je t'y verrais bien, si tu étais à ma place. Bref. De l'autre côté de la cloison, c'était un véritable concerto. D'habitude, le volume est fort, mais là... je me suis demandé une bonne partie de la nuit ce qu'il pouvait bien lui faire pour la faire beugler comme ça ! Et pas moyen de leur faire baisser les décibels, en plus. J'ai tout essayé, taper contre le mur, crier plus fort qu'eux... enfin, tu vois le genre. J'ai même menacé de prendre un fusil parce que selon moi, les animaux malades, il faut les faire partir en paix. Mais, non, rien à faire. J'ai fini par balancer contre le mur le premier truc qui me passait sous la main, à savoir mon radio réveil – je suis bonne pour m'en racheter un autre et bien sûr, c'est pas l'autre obsédé qui va payer la facture !

Plus je parle, plus Meg hurle de rire. ? vrai dire, je ne peux pas lui en vouloir. Si elle venait me raconter ce genre de choses, je crois que moi aussi, je trouverais ça drôle. Mais le manque de sommeil m'a ôté toute trace d'humour. Voyant que je fronce les sourcils, Meg se calme assez rapidement et m'offre un sourire d'excuses.

— Je suppose que tu as fini sur le canapé ?

— Dans le mille ! J'avoue que je commence à en avoir par-dessus la tête. Je sais bien que chacun est libre de faire ce qu'il veut, mais là, ça dépasse ce qui est humainement supportable. Ce mec a un problème, j'en suis sûre. Faut qu'il se fasse soigner !

Mon amie réfléchit un instant.

— Tu as pensé à aller lui en parler gentiment ? Tu es douée avec les gens, je suis sûre qu'une discussion polie suffirait à arranger les choses, tu ne crois pas ?

Je secoue la tête avec véhémence, il est hors de question que j'aie une quelconque interaction avec ce sale type !

— Nope. Je refuse catégoriquement d'adresser la parole à ce...

— Jay, ce genre de réaction ne te ressemble pas. Tu es du genre à tout faire pour arranger les choses, alors qu'est-ce que tu ne me dis pas ?

Je soupire. Décidément, Meg me connaît vraiment bien et elle a raison : en temps normal, j'aurais essayé de parlementer un peu avec mon voisin.

— C'est juste que je sais d'avance que c'est peine perdue. Figure-toi que j'ai croisé ce type sur mon palier, pas plus tard qu'hier. Du moins, nous nous sommes rentrés dedans. Ce qui a eu pour effet de me catapulter les quatre fers en l'air, le plat de boulettes de ma mère a volé et s'est lamentablement ouvert et répandu au sol ET dans mes cheveux.

Meg étouffe un gloussement.

— Ah ! C'était donc ça, l'odeur !

Je la fusille du regard avant de poursuivre mon récit.

— Le gars ne s'est même pas excusé. C'était le bordel dans

le couloir, j'aurais pu me casser une jambe en glissant dans la marre de sauce tomate en essayant de me relever, mais lui n'a même pas levé le petit doigt. Il m'a juste dit de ne pas compter sur lui pour nettoyer mon merdier et il s'est tiré.

Sur ces mots, je me tais et attends la réaction de mon amie. Bien entendu, elle est hilare et j'en viens presque à regretter de lui avoir parlé de mes déboires avec mon voisin.

— Merci pour le soutien, grommelé-je, vexée.

— Pardon, ma chérie, mais tu m'as perdu au moment où les boulettes ont atterri dans ta tignasse. Pardon, pardon, pardon, mais c'est trop drôle !

Le hurlement de rire de Meg est interrompu par Hank qui vient de passer la tête par la porte de service.

— Les filles, je vous aime bien, mais je vous paye pas pour jacasser pendant des heures ! Il y a des clients qui attendent !

Quelques heures plus tard, je rentre chez moi vannée, mais étrangement détendue. Avoir vidé mon sac m'a aidé à relativiser la gravité de la situation – malgré les moqueries de Meg. Je pousse la porte du hall d'entrée et grimpe les deux étages jusqu'à mon appartement. En arrivant sur le palier, j'aperçois quelque chose posé sur mon paillasson.

Étonnée et méfiante, je m'approche à pas prudents, des fois qu'une mauvaise surprise m'attende. Je me baisse et fixe le tout d'un air circonspect avant de me décider quoi en faire. Après tout, il ne s'agit que d'un sac contenant une boîte de plastique fermée hermétiquement.

Apparemment, quelqu'un a déposé à manger devant chez moi. Ma mère ? Pourtant, je n'attendais pas sa visite, de plus, elle sait que j'étais de service au Headquarters ce soir.

Étrange.

Me relevant, je jette un coup d'œil autour de moi, histoire de vérifier que tout ceci n'est pas une mauvaise blague, mais à part moi, il n'y a pas âme qui vive. Je reste bloqué quelques secondes encore sur le palier, me demandant ce que je peux bien faire du Tupperware que je tiens entre les mains. Plus que cela, je me demande si je ne me suis pas trompée sur mon voisin. Après la scène de la veille, jamais je ne me serais doutée qu'il... s'excuserait pour son comportement dénué de toute civilité en déposant un plat de spaghetti et boulettes devant ma porte, le tout accompagné d'un mot d'excuses griffonné sur un post-it.

J'espère que celles-ci seront aussi bonnes que celles que vous avez perdues par ma faute.

Votre voisin —

Je déchante immédiatement en découvrant autre chose au fond du sac : un paquet de bouchons d'oreille.

L'enfoiré.

J'enfonce ma clé dans la serrure, entre dans mon appartement et referme la porte avec grand fracas.

Chapitre 5

Tom

Secoué par une quinte de toux, je reviens à moi. Que se passe-t-il ? Est-ce que je suis seul ? Où suis-je ? Où sont les autres ? Et c'est quoi, cette odeur ?

J'ai mal… Horriblement mal…

Quelque chose, un bruit sourd, martèle dans ma tête… insupportable.

J'ai envie de vomir.

La puanteur qui m'assaille est écœurante, un mélange de terre, de métal... quelque chose qui ressemble à ce qu'on sent quand on se crame les poils… De la chair brûlée.

De nouveau, des haut-le-cœur m'assaillent et la bile remonte dans ma gorge, brûlant mon œsophage. Je serre les dents, lutte pour ne pas rendre, fais refluer tant bien que mal le contenu de mon estomac.

La sensation de dégoût passée, j'essaie d'ouvrir les yeux, mais n'y parviens pas, du moins pas tout de suite. Mes paupières pèsent une tonne et je n'arrive qu'à les entrouvrir.

Je ne sais pas où je suis…

J'écarquille un peu plus les yeux et… putain… ça tire.

Il fait sombre. Bien. Mais ça ne m'avance pas. Mobilisant mes forces, je tente de me concentrer sur mon environnement. C'est l'une des premières choses apprises du sergent instructeur, une de celles qui peuvent sauver votre vie. Un mur à droite, un devant moi, un autre sur la gauche... Une maison ? OK, suivant. Je cherche des fenêtres. Une seule. Condamnée, bien entendu. Quelle heure est-il, exactement ? Est-ce le jour ? La nuit ? Attendez, depuis quand il fait... rouge ? Autour de moi, tout est noir et rouge et orange. Il règne une température infernale. Est-ce que… est-ce que je suis en enfer ?

J'ai la tête qui tourne, une nouvelle vague de nausée me submerge.

Putain, c'est pas le moment…

J'inspire et expire, me focalise sur un souvenir agréable pour recouvrer mon calme. Bien, bien… Rester zen, pas de mouvements brusques…

OK, qu'y a-t-il autour de moi ? Encore un effort ! Nouvelle inspiration... je distingue des pas étouffés. Tous les bruits me semblent venir de très loin, alors ce pourrait être n'importe quoi d'autre.

— Il y a quelqu'un ? crié-je, mais je m'aperçois que ce n'est en fait qu'un murmure.

La peur rampe insidieusement vers moi, étendant ses tentacules, m'étreignant plus fort chaque seconde. La respiration filante, je passe ma langue sur mes lèvres craquelées, je sens la peau se fendre un peu plus, le goût du sang emplir ma bouche. Je gémis et la douleur explose dans ma boîte crânienne. Je grimace.

Seigneur, je ne pensais pas qu'on pouvait souffrir autant !

Je suis fatigué. J'ai froid, je transpire, frissonne à nouveau. Ça craint, je crois. Une ombre passe dans mon champ de vision. J'essaie de faire le point, mais ma vue me joue des tours. La silhouette se rapproche de moi, s'accroupit jusqu'à se retrouver à ma hauteur.

Ah tiens ? Je suis assis.

Ma vue s'accommode un peu plus et j'arrive à distinguer clairement les contours d'un visage. Mince, émacié, peau sombre, cheveux noirs, presque rasés. Maintenant, je le vois nettement mieux. Bec de lièvre. Nez aquilin, petits yeux noirs et brillants, enfoncés dans leurs orbites. Bouh, qu'il est laid !

Je dois avoir pensé à haute voix, car l'instant d'après, il me balance une claque si forte que j'en vois trente-six chandelles. Bordel, que c'est douloureux ! Je me fixe à nouveau sur sa sale gueule. Je le reconnais. Face-de-Rat. C'est comme ça que je l'appelle. Cela fait plusieurs jours qu'il s'amuse à me casser la gueule avec ses potes. Je suis là depuis quand, exactement ?

Étrange, ses lèvres bougent, mais j'ai l'impression qu'aucun son n'en sort. Je n'entends rien à part un foutu sifflement. Est-ce que je suis sourd ? Je tente de lever les mains pour palper mon visage, comprendre ce qui ne va pas, mais impossible de faire le moindre mouvement. Quelque chose me retient. Un grognement frustré s'échappe de ma gorge et je secoue la tête comme pour remettre mes idées en place. Immédiatement, une espèce de « pop ! » emplit mes oreilles et d'un coup, je retrouve mes facultés.

Reprenant pied peu à peu, je m'aperçois que je suis non seulement assis, mais aussi ligoté. Les liens mordent la chair de mes poignets. Voilà pourquoi je ne pouvais pas lever mes bras. Je suis prisonnier. En voilà une bonne nouvelle…

J'ai la gorge sèche, il me faut de l'eau. J'imagine que c'est mal barré pour en avoir. J'avale le peu de salive qu'il me reste, j'ai l'impression de bouffer des tessons de verre. Les larmes me montent aux yeux, je tousse et gémis de douleur.

Les sons me parviennent plus nettement au fur et à mesure que passent les secondes. À présent, je distingue plus de voix. Deux en plus de Face-de-Rat qui s'est remis debout et me tourne le dos. Je me concentre sur leur conversation, leur accent rocailleux. Du Dâri, un dialecte de l'Afghanistan, encore que cela pourrait être du Farsi[3]*. Les souvenirs reviennent, me submergeant littéralement. Le couloir humanitaire, le convoi. Un village perdu en plein milieu des montagnes. Non, non, non. Je ne m'aperçois que j'ai parlé que lorsque je me reprends une droite. Comme si j'avais besoin de ça.*

— Où sont les autres ? hurle-t-il dans un anglais sommaire.

Au moins, cet homme est instruit. Mais je n'ai pas l'impression que cela va m'aider.

Un nouveau coup, dans l'estomac cette fois-ci. Et je recrache un flot de bile.

— Où est ton camp de base, chien ? Donne-nous votre position et je te promets que tu ne souffriras pas.

---

3 Farsi : nom local de la langue majoritaire en Iran (Perse), le persan ; le farsi était la langue principale du Khorassan (qui incluait des territoires aujourd'hui afghans).
Source : Wikipédia

Au moins, c'est dit. Un rire nerveux agite mes épaules. Je ne peux pas m'en empêcher. Si mon tortionnaire savait comme je peux m'en carrer de souffrir ou pas ! J'ai bien compris que dans tous les cas, je ne ressortirai pas d'ici vivant alors ses promesses, il peut se les fourrer au cul et bien profond !

De nouveaux coups pleuvent, plus violents les uns que les autres. Je crois que mon geôlier et moi n'avons pas le même sens de l'humour. Lorsqu'il arrête, je suis essoufflé et putain, j'ai mal ! Il recule d'un pas et je lui sais gré de m'accorder une pause.

— Alors, étranger ? Décidé à parler ?

Le ton satisfait dans sa voix ne m'échappe pas. Il va être servi.

— Ouais, temps mort, j'arrive à articuler juste avant de geindre de douleur.

— Où se trouve ton camp de base ?

Je referme les yeux une seconde, juste le temps d'adresser une prière silencieuse à ceux que j'aime et des excuses aux innocents qui sont tombés, quel que soit leur camp. Lorsque je les ouvre, entièrement cette fois-ci, je fixe l'enfoiré qui me torture depuis je ne sais combien de temps. Tout m'est revenu en mémoire, je sais que je suis ici depuis des jours, seul. Les autres ont été tués et je ne sais pas si certains ont réussi à se mettre à couvert, ni combien sont en sécurité. Je sais aussi qu'il ne reste aucun espoir pour moi. Perdu pour perdu, je laisse un lent sourire étirer mes lèvres qui se craquellent un peu plus sous l'effet de la déshydratation. À nouveau, je sens le goût du sang dans ma bouche.

Je fixe mon bourreau.

— À droite, après le tas de sable… parce qu'à gauche, y' a des

travaux.

Face-de-Rat ricane et me tourne le dos pour saisir quelque chose sur la table, près de lui. Un jerrycan. Il l'ouvre avec lenteur et juste avant qu'il ne déverse son contenu sur mon côté droit, j'ai le temps de sentir l'odeur. Ma respiration s'accélère et mon cœur entame une course folle. Alors, avec un rictus sadique, ce fils de pute sort un zippo.

— So american, *se moque-t-il juste avant de le lancer sur moi.*

Je ferme les yeux et serre les dents, me préparant à souffrir comme jamais.

Je me réveille en sueur, la bouche ouverte sur un cri. La douleur disparue depuis des mois se réveille, tellement plus intense, plus réelle. Le cœur battant, je cherche à me débarrasser de ce cauchemar. Je fais le même depuis plus d'un an, au départ tous les jours, puis par intermittence. Ce soir-là, j'ai cru que c'était la fin, mais au moment où je me transformais en torche humaine, j'ai été secouru. Un miracle, m'a-t-on dit. Un *miracle* ? Vraiment ? Personnellement, je n'ai pas vraiment d'avis là-dessus. Ou alors si : je ne sais pas si être carbonisé sur toute une partie du corps et être encore en vie a quelque chose de miraculeux. Ou alors, Dieu a le sens du sarcasme. Je ne sais pas si tout ce par quoi je suis passé tient du prodige et je ne vois pas ce que vivre dans mon enfer personnel a de merveilleux. Chaque jour, je dois me battre pour ne pas succomber à la facilité et endormir mes douleurs dans la morphine. Chaque jour, je dois me familiariser et vivre avec les traces de ma captivité. Chaque jour, je dois essayer de croire à nouveau que l'être humain est bon. Enfin, chaque jour, je dois m'empêcher de penser que je suis un monstre.

Je me lève, la respiration encore erratique, les narines encore pleines de l'odeur fantôme de mes chairs grillées. Tremblant, je vais dans la salle de bains, évitant de croiser mon regard dans le miroir. De toute façon, je sais de quoi j'ai l'air : hagard, fatigué, perdu. Usé. Moi-même, j'ai peine à croire que je vais sur mes vingt-quatre ans. À mon âge, on ne s'en fait pas, on a la vie devant soi. Moi, je traîne la mort et l'horreur dans mon sillage.

Je rentre dans la cabine de douche, fais couler l'eau, brûlante, pour qu'elle me lave des restes de mon cauchemar, à défaut de m'absoudre de mes péchés, puis me laisse glisser au sol.

Chapitre 6

Tom

Il paraît qu'on n'a que ce qu'on mérite. Pour autant, je ne suis pas persuadé d'avoir été un enfoiré ou d'avoir si mal agi que cela. D'accord, j'ai tué, mais j'y ai été obligé. C'était le gars ou moi. Et puis, ne dit-on pas « à la guerre comme à la guerre » ? Est-ce que le code moral universel ne prévoit pas quelque chose pour ce genre de situation ? Si c'est le cas, est-ce que le prix à payer est d'avoir ces putains d'insomnies tout le reste de ma vie ? Est-ce ça, mon enfer personnel ? Seigneur, j'aimerais juste dormir une nuit entière sans être réveillé par ces horribles souvenirs.

Est-ce trop demander ?

Je me lève, vais m'asperger d'eau le visage puis m'essuie avec rage. Et comme à chaque fois, je fais ce que je me suis juré de ne plus faire. Agrippant les rebords du lavabo, je relève lentement la tête, jusqu'à ce que mes yeux rencontrent ceux qui, jour après jour, me rappellent à quel point je suis lâche. Le miroir me renvoie l'image d'un fantôme au regard vide, les joues mangées par une barbe mal entretenue. Un homme épuisé, portant le poids de sa culpabilité sur les épaules. Parfois, j'ai du mal à me reconnaître moi-même.

Je me fais horreur.

Je me détourne vivement. Je hais les miroirs et le reflet qu'ils me renvoient.

Voilà trois nuits d'affilée que je ferme les yeux deux heures au plus et que les cauchemars me sortent du sommeil. Il n'y a pas si longtemps que cela, j'aurais volontiers utilisé des médocs pour pallier ce désagrément, mais la drogue, les calmants, c'est du passé. Quand on a été accro comme je l'ai été, insomnies ou pas, on se tient loin de toutes ces merdes même si ça doit avoir des conséquences. À la place, j'utilise les moyens qu'on m'a donnés, la méditation, le sport. Courir me fait un bien fou. Lorsque je rentre, j'ai mal partout, je suis lessivé et généralement après une bonne douche chaude, je m'endors pour une longue nuit sans rêves. Et si cela ne suffit pas, je sors boire un coup et je ramène une fille. Parfois deux. Si on fait le compte, j'ai remplacé une addiction par une autre, la dernière étant tout de même plus agréable. J'ai besoin de m'abrutir jusqu'à plus soif pour dormir. Le sexe et le sport libèrent suffisamment d'endorphines pour m'épuiser... Sauf depuis quelques soirs. La faute en revient à ma voisine – une frustrée chiante comme la pluie, mais il faut l'avouer très mignonne. Du coup, j'ai dû ralentir le sport en chambre. J'imagine qu'elle a compris que ce n'était qu'une trêve de courte durée lorsqu'elle a découvert les boules Quiès que je lui ai gentiment offertes.

L'autre soir, quand j'ai entendu la porte claquer, j'ai failli mourir de rire. J'avoue que j'avais assez bien ménagé mon effet en lui cachant les bouchons d'oreilles sous le plat de spaghetti et de boulettes. Elle n'avait qu'à ne pas cogner comme une malade contre le mur et nous menacer d'appeler les flics. Ma conquête du soir a pris peur et s'est tirée sans demander son reste et j'ai dû me finir à la force du poignet. J'avoue que les vocalises de la demoiselle ont failli me rendre sourd, mais ce n'était pas une raison pour que l'autre coincée se déchaîne et passe sa colère contre les murs. Je pense que mon petit cadeau lui aura donné un aperçu de la manière dont les choses vont se dérouler : je continuerai de faire ce qui me chante. *Si elle n'est pas contente, elle n'a qu'à déménager !*

Pourtant, la première fois que je l'ai vue – elle traversait la rue pour entrer dans l'immeuble – j'ai eu un bon feeling. Du moins, elle ne m'a pas paru aussi coincée que ce qu'elle est en réalité. Je me suis même dit qu'elle était tout à fait le genre de fille avec qui j'aimerais passer du temps. Dans un lit. J'ai toujours aimé ce genre de filles, tout en courbes, une crinière indomptable dans laquelle je me ferais un plaisir de glisser les doigts, des yeux de biche, des lèvres pleines et sensuelles.

Je suis persuadé que si elle se donnait la peine de se détendre un peu... Et puis non, qu'elle reste où elle est, après tout !

Ma vie, déjà loin d'être simple, n'a pas besoin de plus de complications. Et c'est pile ce que ce genre de fille pourrait amener. J'enfile rapidement un t-shirt et un pantalon de sport, saute dans mes baskets, fourre mes écouteurs sur mes oreilles et pousse la musique à fond – rien de tel qu'un bon rock pour se sortir la tête du brouillard.

L'instant d'après, je suis dans le couloir et referme ma porte en prenant soin d'être le plus discret possible... Moins j'attirerai les regards sur moi, mieux je me porterai. Chez moi, je fais ce que je veux, mais dehors, je suis exposé. Je fais tout pour me fondre dans la masse, je suis une ombre.

Le genre d'individu qu'on ne remarque pas.

C'est pas ce que tu voulais ? Alors cesse de geindre sur ton sort, t'es pas une fillette !

Je soupire et refoule mes regrets. Ceux qui me rappellent qu'à une époque, j'étais quelqu'un d'autre. Qu'à une époque j'avais une famille. Mais il vaut mieux que je reste dans mon coin. Ils ne comprendraient pas et je ne pourrai même pas leur en vouloir.

Arrivé en bas de l'immeuble, je m'échauffe un peu avant de me mettre à courir. Le jour est encore assez loin, les gens dorment et ceux qui ne sont pas au chaud dans leur lit ne remarqueront même pas ma brève incursion dans leur existence. Et même les filles que je ramène dans mon lit finissent par oublier qu'elles m'ont un jour rencontré.

Je m'élance, me concentrant uniquement sur mes foulées et le rythme de la musique. J'accélère la cadence en souriant : d'ici quatre-vingt-dix minutes, mes muscles commenceront à ressentir le manque d'oxygène tandis que je saluerai la brûlure bienfaisante à travers mon corps et le pousserai jusqu'à la limite. Le point précis où la douleur induite par mes muscles trop sollicités disparaîtra au profit de l'instant de grâce produit par un afflux massif d'adrénaline. Mon seul moment de repos, celui où je flotte, où mon esprit se mue en un immense néant immaculé.

Chapitre 7 — Tom

Je me lève de table et pose mon assiette dans l'évier. Je ferai la vaisselle plus tard. J'attrape ma bouteille d'eau et vais dans le salon. Debout devant la fenêtre, j'observe le mouvement des gens, plus bas, dans la rue. Ils se pressent comme une colonie de fourmis, les uns vont travailler tandis que d'autres, reconnaissables à leurs fringues et à leur démarche légère vont se promener et profiter des derniers jours de l'été. Un mouvement attire mon attention et je reconnais ma voisine qui rentre de l'épicerie, les bras chargés de sacs. À sa démarche légère, elle me semble être quelqu'un de dynamique. D'après ses allées et venues, je crois qu'elle a un job. Elle a l'air calme aussi, pas le genre de minette qui fait la fête tous les soirs ou qui reçoit du monde chez elle. Pas de mec non plus.

De toute façon, qu'est-ce que ça peut bien me faire ?

Je lâche un soupir de lassitude. Voilà que je me mets à surveiller les moindres faits et gestes de la fille qui loue l'appartement d'à côté. Il faut vraiment que je me trouve une autre distraction. Que je sorte et que je recommence à avoir des activités physiques autres que la course à pied.

J'aurais cru que donner des bouchons d'oreilles à ma voisine allait m'apporter la paix et que j'allais pouvoir baiser tranquillement, mais il n'en est rien. Ce n'est pas de son fait, en réalité, ces derniers jours, elle s'est tenue tranquille. Pas de coup dans la cloison séparant son appartement du mien, pas de hurlements furieux ou de menaces d'appeler les flics pour tapage nocturne. Le problème, c'est moi. Je n'ai pas ramené de fille depuis la dernière fois. Pas envie. Pourtant, je suis à cran et je sais que pour faire baisser la pression, il me faut un exutoire. J'ai bien fait un saut au club que je fréquente régulièrement et eu quelques touches, mais dès qu'une nana s'approchait, étrangement, je ne ressentais rien de transcendant. *Je me demande ce qui ne va pas chez moi...*

La porte de l'appartement d'à côté s'ouvre et se referme. *Elle est rentrée.* Quand on vit dans un immeuble calme, on entend tout ce qui se passe – si l'on y prête seulement attention. J'imagine que tout le monde n'est pas comme moi, je veux dire, les autres locataires. Eux, doivent être insouciants et vivre leur vie comme ils en ont envie, se moquer des allées et venues dans l'immeuble. Moi, je suis constamment sur le qui-vive. Les séquelles de ma captivité. Une de celles qui me pourrissent la vie.

La porte d'à côté s'ouvre et se ferme à nouveau. Cette fois, ma voisine ne sera pas restée longtemps chez elle.

Putain, focalise-toi sur autre chose !

Je me force à aller m'installer sur le canapé pour regarder la télé. Qui sait, je tomberai peut-être sur quelque chose qui captivera mon attention ? Ma main se crispe sur la télécommande à l'instant où on frappe à la porte. Je me fige et retiens ma respiration. N'attendant pas de visiteur, mon esprit se met immédiatement en alerte. Je patiente à vrai dire, je n'ai aucune intention de bouger pour aller ouvrir. Je n'aime pas les surprises, j'aime ma tranquillité et les gens ne viennent que si je l'ai décidé. Avec un peu de chance, celui qui est derrière ma porte se fatiguera d'attendre ou tout simplement en conclura qu'il n'y a personne dans l'appartement et je pourrai tranquillement me lobotomiser devant une émission quelconque. Le coup suivant m'apprend que j'ai affaire à quelqu'un d'entêté. Je lâche un soupir frustré – pas moyen de rester à broyer du noir tranquillement – et me lève le plus silencieusement possible. Une fois à la porte, je colle mon œil au judas afin de voir qui me dérange.

Une masse de cheveux bouclés, une peau caramel, des yeux... Oh ces yeux ! Je ne me rappelle pas avoir déjà vu une telle teinte de brun… En fait, ils sont de la couleur du Whisky.

Je continue à la détailler avec attention, tant qu'à faire elle n'a aucune idée que je suis en train de la mater alors autant profiter du spectacle. Elle lève à nouveau le bras, visiblement prête à tenter une fois de plus de toquer chez moi, mais elle suspend son geste, les sourcils froncés avant de soupirer. Je crois deviner qu'elle abandonne. J'avoue que je me sens un peu soulagé.

Au moment où je tourne les talons, une voix étouffée me parvient de derrière la porte.

— Je ne sais pas si vous êtes là... en fait, je ne sais pas pourquoi, mais j'ai le sentiment que vous êtes en train de m'observer…

J'attends un peu qu'elle décide de poursuivre puis colle à nouveau mon œil au Judas. Je ne peux retenir un sourire en la voyant tapoter son index contre sa lèvre inférieure, d'un air préoccupé.

— Je n'ai pas pour habitude de parler aux portes closes, mais, visiblement, vous tenez à me faire passer pour une cinglée. Remarquez, je comprends votre réaction : nous ne nous connaissons pas et nos... hum... relations sont... nos premiers contacts ne se sont pas vraiment déroulés… sous les meilleurs auspices. Quoi qu'il en soit, nous pourrions y remédier en... nous comportant en personnes civilisées, vous ne pensez pas ? Après tout, nous sommes voisins et je crois aux relations de bon voisinage. Mes parents ont toujours joui d'une bonne entente avec le leur et après votre geste... je veux parler des spaghettis aux boulettes de viande, hein, pas des boules Quiès...

Après avoir vérifié que la chaîne de sécurité est toujours sur la porte, je finis par l'entrouvrir. Non, je ne me sens pas pousser des envies de socialiser avec qui que ce soit, j'ai juste besoin que ce moulin à paroles sur pattes se taise et me foute la paix.

— Vous voulez quoi ? grogné-je sur un ton peu amène.

Surprise par ma brusque semi-apparition et mon humeur de chien, ma voisine recule d'un pas en laissant échapper un hoquet de surprise. L'instant d'après, elle pose une de ses mains sur sa poitrine et me fusille du regard.

— Non, mais ça va pas bien, vous ? Ça vous amuse de faire peur aux gens comme ça ?

Non, mais je rêve, c'est elle qui vient me déranger, qui se plaint de parler à une porte fermée et quand je l'ouvre, elle joue les offusquées !

— Vous vouliez quoi, qu'on en finisse ? reprends-je sur un ton impatient.

D'un mouvement souple et rapide, elle se baisse au ras du sol puis se relève, et me tend un sac d'où se dégage une odeur sucrée. Je la regarde sans comprendre.

— Votre plat, m'explique-t-elle sèchement. Il est propre, vous n'aurez plus qu'à le ranger. Et je vous ai fait des muffins à la myrtille.

À l'évocation des gâteaux, je sens bien malgré moi la salive me monter aux lèvres : j'adore les muffins aux myrtilles. Sur l'instant, je me sens un peu coupable de me comporter en rustre.

— Euh... merci, marmonné-je en essayant de me radoucir.

— Mouais. De rien.

Puis elle tourne les talons en râlant dans sa barbe qu'elle aurait mieux fait de s'abstenir de faire un pas vers un ours mal léché.

— Effectivement, vous auriez pu vous épargner cette peine : je ne vous ai rien demandé ! lancé-je en refermant ma porte sèchement.

Dix secondes après, j'entends celle de ma voisine se refermer avec fracas.

Satisfait, je retourne dans le salon et m'installe à nouveau dans mon canapé avec cette fois, la ferme intention de reléguer aux calendes grecques mon envie de regarder la télé. À la place, j'opte pour un classique de Steinbeck. Rien de tel que de lire un bon livre, en mangeant des muffins à la myrtille pour retrouver la paix.

Chapitre 8

Jayla

Je vérifie une dernière fois ma tenue et ma coiffure dans ma psyché et tourne sur moi-même, puis me place de profil. Tout a l'air en ordre et j'ai même l'impression que ces derniers jours sans bruits intempestifs venant de l'autre côté de la cloison ont porté leurs fruits : disparues, les horribles poches sous les yeux.

Même si le geste de mon voisin était le summum de la goujaterie, je dois dire que grâce aux bouchons d'oreilles, j'ai pu dormir tranquillement. Résultat : j'ai figure humaine. Ajoutés à cela un chemisier rose à manches courtes sur un pantalon cigarette et une paire de babies, une discrète touche de maquillage et un brushing bouclé et le tour est joué, puisque je me plais.

Ce soir, Meg et moi avons décidé d'aller boire un coup entre filles. Depuis qu'elle vit avec Xander, nous nous voyons un peu moins. Loin de moi l'idée d'être jalouse ou de lui en tenir rigueur, la situation est tout ce qu'il y a de plus normale, mais nos moments passés juste toutes les deux me manquent.

Alors, dire que je ne tiens plus en place en attendant que mon amie vienne me retrouver chez moi est très éloigné de la vérité. Cela faisait longtemps que je n'avais pas été dans un tel état d'euphorie. À 18h, je reçois un texto de ma meilleure amie qui m'attend au pied de mon immeuble. Je prends une veste, mon sac et m'en vais.

Direction South Boston, et plus précisément Seaport district, ses vielles usines en réhabilitation, ses immeubles en briques rouges, ses musées, le canal qui se jette dans l'océan... et ce resto, calme, chic et un peu guindé, où flottent les délicieuses odeurs de cuisine, qui se trouve dans la salle même. Ici, pas de table à part, mais un long comptoir, le long duquel les gens s'alignent, faisant face aux cuisiniers qui s'activent. Pour moi qui aime savoir ce qu'il y a dans mon assiette, cet endroit est le lieu rêvé. Meg et moi commandons chacune une assiette de *Cappellacci dei Briganti et* un verre de vin pétillant. Nous mangeons en nous mettant à jour dans nos vies respectives. J'apprends ainsi que Meg a été rendre visite à sa mère qu'elle n'avait pas vue depuis plus d'un an. Ça, c'est la nouvelle du siècle ! Connaissant leur passif, je suis plus que ravie que ma meilleure amie ait décidé de donner une chance à Jocelyn et ce, malgré tous les griefs que Meg pouvait avoir à son encontre. J'imagine que Xander est pour beaucoup dans cette envie de renouer des liens entre les membres de la famille Connoly.

Je l'écoute attentivement me raconter avec émotion ces quelques heures en compagnie de sa mère et je ne peux empêcher les larmes de me monter aux yeux. S'apercevant que je suis émue, Meg s'interrompt et pose une main sur mon bras.

— Jay..., je n'étais pas censée te faire pleurer..., s'excuse-t-elle d'une toute petite voix.

— Je sais ! C'est juste qu'en ce moment, je... je suis un peu fatiguée, hésité-je.

Je ne comprends pas moi-même le pourquoi de ma réaction. Depuis quand suis-je si excessive ? *Oui, bon, depuis toujours.*

Cherchant à retrouver contenance – et surtout affreusement honteuse de me laisser aller ainsi – je porte mon verre à mes lèvres.

— Quoi ? Ton affreux voisin a encore fait des siennes ? Si tu veux, je peux lui envoyer Xander, il lui dira deux mots.

J'écarquille les yeux de surprise et manque de m'étrangler avec la gorgée de vin que j'étais sur le point d'avaler.

— Xander ? Meg, tu es sûre que ça va ? On est bien d'accord que ton petit ami est un gringalet et qu'en face de Monsieur Thomas Doe[4], il n'a pas l'ombre d'une chance ? m'exclamé-je, un brin moqueuse.

— Thomas Doe ? Comme John Doe ? Mais c'est quoi ce nom ?

— J'imagine que c'est le sien depuis sa naissance... À moins qu'il ne soit en fait un agent secret sous couverture ?

Meg me décoche un coup dans l'épaule, faussement agacée.

---

4 En référence à John Doe. Aux États-Unis, c'est le nom que l'on donne aux personnes de sexe masculin dont on ne connaît pas la véritable identité. Pour les femmes : Jane Doe.

— Jayla Waters, si tu arrêtais un moment de jouer les idiotes ? Réponds à cette question : comment sais-tu son nom ? Est-ce que tu l'as revu ?

Je hausse les épaules nonchalamment avant d'accéder à sa requête.

— C'était inscrit sur sa boîte aux lettres. Et si tu veux tout savoir : oui, je l'ai vu. Ou plutôt j'ai vu un de ses yeux, quand il a daigné entrebâiller sa porte pour que je puisse lui rendre son Tupperware et lui offrir des muffins. Mais j'aurais mieux fait de m'abstenir, ce type est un véritable…

— Quoi ? Tu lui as fait des gâteaux ? Ceux à la myrtille ? m'interrompt-elle, d'une voix rien de moins qu'hystérique.

Les regards se tournent vers nous et je sens mon visage prendre feu. Je déteste être le point de mire des gens.

— Euh… Meg, tu veux bien parler moins fort ? la préviens-je en baissant la voix de manière à ce qu'elle soit la seule à m'entendre. Je n'ai pas envie que tout Boston soit au courant de mes problèmes de voisinage.

Mon amie rougit à son tour et me lance un regard d'excuses. Aussitôt, je sens mon agacement s'évaporer. Cette fille est une véritable chipie ! Je n'arrive pas à être en colère contre elle. Meg est comme ça : il suffit qu'elle vous regarde avec son air de chiot pour vous faire fondre.

— Tu sais quoi ? Allons discuter ailleurs, cet endroit est trop calme, on entendrait presque une mouche voler, me chuchote-t-elle.

Nous finissons nos assiettes puis payons l'addition. Au

moment de demander à mon amie où elle compte nous emmener, elle me prend par la main et m'entraîne vers un escalier qui semble amener tout droit au sous-sol. Et alors que j'imagine qu'elle va me conduire aux toilettes, nous débouchons sur l'entrée d'un bar à cocktails.

— Ce n'est pas la première fois que tu viens, n'est-ce pas ? lui demandé-je, surprise.

Elle hoche la tête.

— Xander et moi adorons cet endroit. La nourriture est divine et les boissons... enfin, tu verras.

Sur ces mots, elle m'entraîne dans la cave voûtée.

Quelques heures et surtout quelques cocktails plus tard, un taxi me dépose au pied de mon immeuble. J'embrasse ma meilleure amie et la remercie pour cette soirée, puis je sors de la voiture. J'ai passé un très bon moment et cela m'a fait du bien de sortir hors des quatre murs de mon appartement. Dans quelques jours, trois, pour être précise, je ferai mes débuts au central d'appel et de soutien psychologique. Seraije capable d'écouter et de rassurer ? J'avoue que je stresse un peu, ne sachant pas vraiment à quoi m'attendre ni sur qui je vais tomber.

Quoi qu'il en soit, ce soir, j'avais un grand besoin de me

détendre et Meg a su me surprendre avec le resto et le bar à cocktails. Malgré cela, je dois avouer qu'à plusieurs reprises, mon esprit a vagabondé jusqu'à la porte de Thomas Doe. Pour une raison que j'ignore, malgré son sale caractère et ses manières douteuses, j'ai toutes les peines du monde à me sortir notre dernière rencontre de la tête et cela, alors même que je n'ai aperçu qu'un seul de ses yeux dans l'entrebâillement de la porte. À moins que ce ne soit sa voix grave – bien qu'il se soit adressé froidement à moi, je ne peux m'empêcher d'imaginer qu'elle est chaleureuse lorsqu'il est en présence de quelqu'un qu'il apprécie. *Si bien sûr, un tel personnage a des amis.*

Je pousse la porte de l'immeuble et grimpe les marches jusqu'à mon étage d'un pas prudent, j'ai un peu abusé sur la boisson ce soir et les murs s'amusent à tanguer autour de moi. *Scélérats !*

Enfin, j'arrive à bon port. Je sors mes clés de mon sac et... je suspends mon geste juste au moment d'ouvrir. Là, sur le montant de ma porte, un mot scotché à la va-vite. De nouveau cette écriture fine, serrée, indubitablement masculine.

Merci pour les muffins. Ils étaient mangeables.

Je lève les yeux au ciel, à la fois agacée et inexplicablement satisfaite, puis je rentre chez moi.

Cette fois, je ne claque pas la porte.

Chapitre 9

Jayla

J'arrive avec une bonne heure d'avance au centre d'appel. De cette manière, mon responsable me propose d'observer mes collègues en situation, puis de me lancer une fois que je serai prête. Pour le moment-, nous sommes une quinzaine, séparés par des compartiments bien insonorisés pour que les conversations des autres bénévoles ne filtrent, ni n'interfèrent – avec la mienne par exemple. Sachant que d'ici quelques heures, nous serons une trentaine, j'ai du mal à croire à la fiabilité de leur système.

Miguel, le superviseur du plateau d'appel m'invite à le suivre pour me faire signer mon contrat, ainsi qu'une charte de confidentialité et me fait un rapide topo. Il me présente le service, me relate dans les grandes lignes le but que nous poursuivons, c'est-à-dire : aider les personnes en souffrance morale et psychique. Ici, le tutoiement est de mise, étant donné la teneur de certaines conversations, l'équipe a besoin d'être soudée et d'évoluer dans une ambiance détendue. Il m'explique aussi tout ce qui concerne le côté technique des lieux, à savoir que les appels arrivent au standard et sont ensuite dispatchés sur le plateau. Dès que l'un de nous est libre, il prend en charge la personne qui est au bout du fil. Ensuite, il me conduit au bureau qui m'est assigné puis me montre comment fonctionne mon poste de travail et comment le gérer au mieux.

Lorsque vient le moment où je dois prendre mon service, je suis loin d'être sereine. Et si je me plantais ? Si je faisais tout de travers ? Même si je sais que je me débrouille bien dans l'écoute de mes pairs, il me semble plus difficile d'être à même de donner une réponse adaptée aux problèmes des gens lorsqu'ils ne sont pas face à moi. Quand je peux les voir, je peux aisément décrypter leurs mimiques, la façon dont ils parlent avec leur corps. Au téléphone, c'est plus compliqué, plus impersonnel...

— Jayla, respire. Tout va bien se passer, m'assure Miguel en m'offrant un large sourire.

— Merci. J'espère que je serai à la hauteur.

— Je n'en doute pas. La lettre de recommandation de Gregor Stavinovitch était plus qu'élogieuse concernant tes capacités et tes motivations.

Je remercie intérieurement mon professeur de psychologie pour son aide, grâce à lui, j'ai obtenu ce job alors que je sais à quel point c'est difficile d'avoir une place dans ce centre d'appel. L'endroit est réputé et sa mention sur mon CV m'apportera des points en plus lorsqu'il sera temps de passer devant un jury lors de mes examens finaux. À moi de tout faire pour que cette expérience signe le premier pas vers la réussite. Quoi qu'il en soit, je hoche la tête et rends son sourire à mon supérieur.

Alors qu'il est sur le point de me laisser seule face à mon poste téléphonique, il se ravise.

— Au fait, as-tu pensé à un pseudonyme ?

— Non... C'est vraiment nécessaire ?

Cette fois, Miguel attrape une chaise dans le box d'à côté et vient s'installer face à moi.

— Jayla, lorsque tu as signé les papiers tout à l'heure, tu as bien dû voir la charte de confidentialité, n'est-ce pas ?

Je hoche la tête.

— Bien. De la même manière que les gens qui appellent souhaitent garder leur anonymat, nous ne divulguons pas nos véritables noms. Nos interlocuteurs, âmes en souffrance ? appelle-les comme tu le veux – se tournent vers nous car ils n'ont personne à qui parler de ce qui les ronge ou qu'ils ne sont pas encore prêts à le faire. Nous, nous sommes là pour leur offrir ce qu'ils veulent, c'est-à-dire une oreille attentive, quelqu'un qui ne porte pas de jugement sur leurs hauts, leurs bas, leurs faiblesses. Parfois, nous les aidons en leur prodiguant des conseils, en leur donnant les coordonnées des professionnels qui sauront leur apporter une réponse plus adaptée. Mais surtout, nous les écoutons. Et cela doit s'arrêter là. Une fois le téléphone raccroché, ton temps de présence écoulé, tu rentres chez toi. Tu n'es plus la bénévole, tu es toi, Jayla Waters, une étudiante en psychologie. Une jeune femme pleine de vie, qui demeure à tel endroit, qui a des amis...

— Je laisse les problèmes ici, c'est bien ce que tu veux dire ?

— C'est ça. Le pseudo, c'est une manière de te dissocier, parce que parfois, je dois être honnête avec toi, c'est...

Le visage de Miguel s'assombrit et aussitôt, je ressens un élan de sympathie envers lui. Je vois ce que son hésitation signifie et comprends ce qui se cache derrière. Parfois, c'est difficile. Très difficile et apparemment, Miguel en a fait l'expérience. Merde. Il faut que je me blinde face à cela. Je le connais à peine et déjà, ses mots m'ont touchée, j'arrive à ressentir sa peine par-delà les non-dits.

Reprends-toi Jayla, reprends-toi.

Mon trouble doit être évident, car le superviseur fronce les sourcils d'un air soucieux.

— Tu vois de quoi je veux parler, Jayla ? Il faut que tu prennes de la distance, sinon, tu vas te laisser dépasser.

Est-ce que ça lui est déjà arrivé ?

Pour le coup, je ne sais pas comment prendre ses paroles.

— Tout ton discours... c'était un test ? avancé-je prudemment.

— Non, je ne cherchais pas à te piéger, crois-moi.

Nouveau sourire rassurant de sa part, mais cette fois, je me méfie. Après ma réaction, j'imagine qu'il m'aura à l'œil quelque temps. Comme je ne dis plus rien, il se lève puis remet la chaise là où il l'a trouvée.

— Tout va bien se passer, me dit-il une dernière

fois. Parfois, le job est pénible, mais je suis persuadé que tu sauras faire la part des choses. Si jamais, c'était trop compliqué pour toi, viens me voir, nous réfléchirons à une autre affectation. OK ?

Je hoche la tête, mais non, je ne suis pas OK, comme il le dit. Il est hors de question d'avoir une autre affectation ! Je suis capable de faire le job. Je serai une bénévole du tonnerre.

Mon téléphone sonne, me voilà prête à plonger dans le grand bain. Je réfléchis quelques secondes à un surnom, puis, devant la difficulté, me dis que je n'en donnerai que si on me le demande. Forte de cette résolution, je décroche.

Il est 22 heures. Dans trente minutes, je rentre chez moi. Les quatre dernières heures se sont bien déroulées et j'ai aimé ce que j'ai fait : l'écoute, la discussion, parfois les conseils. J'ai aussi apprécié les moments de calme entre chaque appel. Ça, je crois que c'était à chaque fois la cerise sur le gâteau. Pas que je n'aime pas répondre et parler aux gens, au contraire, je me sens utile ; c'est juste que cela mobilise un effort de concentration auquel je ne m'étais pas attendue. Depuis le départ, j'avais raison, être à l'écoute des gens est bien plus simple lorsqu'ils sont face à moi. Là, je dois faire attention à l'intonation, est-elle calme, triste, rapide, saccadée, stressée ? Je dois réfléchir à chaque mot, à chaque souffle entendu dans mon micro-casque. Et je dois veiller à me montrer patiente, ouverte, douce, compréhensive, rassurante même si parfois, la personne que j'avais au bout du fil me donnait des envies de la secouer. Miguel est passé à plusieurs reprises pour voir comment je me débrouillais. La première heure, il est venu quatre fois, la deuxième heure, deux, puis il a fini par ne plus venir. J'imagine que cela signifie que je ne me débrouille pas si mal que cela.

22 h 10, je commence à ranger tout le bazar que j'ai mis sur le bureau. J'ai griffonné des tas de notes sur des feuilles que j'ai ensuite arrachées du bloc lorsque je n'avais plus de place. J'ai été me prendre plusieurs cafés et suis revenue chaque fois avec un gobelet différent, sans compter les sachets de sucre. En vérité, il y en a absolument partout. *Un chat n'y retrouverait pas ses petits.*

22 h 15, mon estomac commence à crier famine. J'étais tellement stressée avant d'arriver ici que je n'ai rien pu avaler. Du coup, je commence à compter les minutes qui me séparent du moment où je vais rentrer chez moi et donc, de mon repas.

22 h 24, le téléphone sonne, la petite lumière de mon poste clignote. Je le fixe quelques secondes, en me demandant si c'est un coup du sort, si je dois transférer l'appel à un de mes collègues. Pas sûre que cela soit du meilleur effet pour mon premier jour au centre d'appel. Un peu dépitée, je m'installe confortablement dans mon siège et décroche.

— Écoute et soutien, bonsoir. Que puis-je pour vous ?

— Euh... salut, me répond une voix masculine, grave, chaude et un brin hésitante.

Le silence se fait et j'attends. D'après ce que j'ai remarqué ce soir, les personnes qui appellent le font sur un coup de tête et ont besoin de temps pour parler. D'autres vont même jusqu'à raccrocher avant de dire quoi que ce soit. Alors, comme je l'ai fait pour les autres, je continue de patienter.

— Je... dois me présenter ? reprend l'homme au bout d'une éternité.

— C'est vous qui décidez, monsieur. Mais j'imagine que poser un nom sur une voix rend les choses plus conviviales à défaut d'être faciles.

De nouveau, il marque une pause. J'en profite pour essayer de deviner à quoi il ressemble. Au timbre de sa voix, mon interlocuteur me semble jeune. Pas un jeune adulte, pas non plus la trentaine. Peut-être mon âge ou quelque chose comme ça. Je sais que chercher à savoir qui est au bout du fil n'est pas une bonne idée et que la raison d'être du centre d'écoute téléphonique est l'anonymat, mais, j'ai besoin de visualiser un minimum de choses pour les rendre plus réelles, plus accessibles.

— OK. On va dire que vous pouvez m'appeler TC, lâche l'homme.

Cette fois-ci, je décèle plus d'assurance dans le ton de sa voix, on dirait que nous sommes sur le chemin de la confiance.

— Bien, TC... Pouvez-vous me donner la raison de votre appel ?

— Tss, Tss. J'ai donné mon nom, à vous d'en faire de même. J'aime savoir à qui je parle, mademoiselle, rétorque-t-il, légèrement sarcastique.

Un frisson me parcourt l'échine.

Ouh là… la partie s'annonce compliquée…

— Très bien, vous n'aurez qu'à dire que je me nomme... Sophia.

Aussitôt prononcé, je me demande pourquoi j'ai choisi ce nom. Peut-être aurais-je dû réfléchir un peu plus avant de parler ?

— Cela signifie Sagesse en grec... Intéressant. Un surnom qui tombe fort à propos, puisque vous écoutez les gens.

— Je suis impressionnée !

Nous marquons quelques secondes de silence, durant lesquelles je ne peux m'empêcher de me demander quel genre d'homme peut avoir ces références et à quoi il pourrait bien ressembler.

— Et donc, dois-je en déduire que vous l'êtes ? reprend-il, la voix soudainement plus grave.

— Être quoi ?

— Sage…

Il marque une pause puis reprend :

— Veuillez m'excuser, cela ne se reproduira plus.

Sur ces mots, il raccroche.

Je reste quelques minutes les yeux rivés sur le bouton lumineux du téléphone, à présent éteint et désespérément immobile. J'ai du mal à comprendre ce qui vient de se passer.

Chapitre 10 — Tom

Je raccroche et reste de longues secondes à fixer mon téléphone.

Appeler un centre d'écoute et de soutien... C'est une première pour moi. Ce genre de choses ne me ressemble pas et je me demande encore ce qui m'a pris. Je lâche un ricanement à la fois surpris et amer. Il faut croire que la solitude que je me suis imposée me pèse plus que je ne l'aurais cru. Car même si je ramène des filles chez moi, je ne fais que me voiler la face : je n'ai pas de vie sociale, pas d'amis, pas de famille, pas d'attache. Jusqu'à maintenant, je n'avais pas ressenti le besoin de parler à qui que ce soit, j'imagine qu'il me manque quelque chose, ou quelqu'un. Ce soir... ce soir, j'ai peut-être été nostalgique de tout ce que je n'ai plus. Parfois, je me dis qu'il suffirait d'un coup de téléphone pour entendre leur voix, leur dire « Salut, c'est moi ». Parfois, je fais plus que me le dire. J'attrape mon téléphone et je compose ce numéro que je connais par cœur, mais avant d'appuyer sur le bouton d'appel, j'abandonne. En réalité, je ne sais pas ce que je pourrais trouver à leur dire, et s'ils accepteraient seulement de m'écouter. S'ils me pardonneraient. D'ailleurs, comment le pourraient-ils puisque moi-même, je n'y parviens pas ? Et *elle*, trouverait-elle la force d'essayer de comprendre ?

Ce soir, le besoin s'est fait plus grand, le manque plus profond, la morsure de la culpabilité plus intense. Ironiquement, alors que je regardais la télévision, un spot publicitaire mentionnant les coordonnées d'un centre de soutien psychologique est apparu. Il n'y a pas si longtemps que cela, j'aurais changé de chaîne, agacé, grommelant que ce genre de plateforme d'appel était un truc de charlatans, un attrape-couillon juste bon pour les faibles et les simples d'esprit. Cette fois, le poids de ma solitude était insupportable, alors, j'ai appelé. C'était instinctif, presque vital. J'ai fait ce que j'avais à faire avant de devenir cinglé, aussi compliqué que fût le premier pas. Je ne parle même pas du premier mot qui m'a littéralement arraché la bouche. Je ne savais pas qu'un simple « Salut » pouvait être si délicat à sortir.

Je passe mes mains sur mon visage et souffle un bon coup, puis je décide de me bouger un peu. Ne rien faire et passer son temps à ressasser les choses n'a rien de constructif, courir quelques kilomètres, en revanche, l'est bien plus. Sans compter qu'une fois rentré, je serai tellement harassé de fatigue que je m'endormirai comme une masse. Et si ce n'est pas le cas, il suffira que je ressorte pour me rendre dans je ne sais quel bar, où je trouverai à coup sûr une nana prête à s'envoyer en l'air. Je collectionne ce genre de rencontres sans lendemain et j'assume entièrement. Elles me donnent ce que je veux et j'en fais de même. Cela s'arrête là. Pas d'attache, un échange de bons procédés, c'est aussi bien.

Je me lève de mon canapé, vais dans ma chambre pour mettre un short, puis je me chausse et sors de chez moi sans attendre. Une fois la porte de mon appartement verrouillée, j'attrape mes écouteurs, les place dans mes oreilles et jette un œil sur l'écran de mon mp3. Je fais défiler les morceaux tandis que je me dirige vers l'escalier. Ce soir, j'ai besoin de quelque chose d'assez pêchu, brutal, un son qui contrebalance mon humeur morose. Metallica fera l'affaire. Dès les premières notes, je sens une vague d'énergie, un frisson d'anticipation. Ce soir, je le sens, courir jusqu'à n'en plus pouvoir va me faire du b...

Sur le point de descendre les marches, je suis percuté de plein fouet par... ma voisine. Génial. Je me demande si cette fille apprendra un jour à regarder devant elle. Bien entendu, elle tient encore dans la main son téléphone. Encore une fois, elle ne regardait pas devant elle. Bravo. Je ne retiens même pas mon envie de lever les yeux au ciel tellement elle m'agace. Est-ce que, moi, je fais ce genre de truc ? De toute façon depuis, le départ cette fille m'énerve. À croire qu'elle fait exprès d'être sur mon chemin ou de me pourrir l'existence en tapant dans le mur qui sépare son appartement du mien. Cette fois, je vais lui dire ma façon de penser et tant pis si elle le prend mal.

— Vous le faites exprès, ou quoi ? Il faut que je vous le dise sur quel ton ? Poussez-vous de mon che...

Le regard écarquillé de surprise qu'elle me lance me stoppe net.

Figée, elle me fixe sans dire un mot, ses jolies lèvres formant un « o » parfait et je dois avouer que c'est très désagréable. Je déteste être dévisagé de cette façon, comme si j'étais une bête de foire, cela me rend presque méchant. Mais j'imagine que le spectacle qu'offrent les cicatrices de mes brûlures a de quoi choquer, surtout les filles un peu coincées du genre de ma voisine.

— Oh, mon Dieu..., souffle-t-elle d'une voix blanche.

Chapitre 11

Jayla

Je cligne plusieurs fois des yeux, ouvre la bouche pour dire quelque chose chose, mais je suis si stupéfaite qu'aucun son ne sort. Je vois enfin l'homme qui vit dans l'appartement à côté du mien et si jusqu'à maintenant, il avait attisé ma curiosité – et mon agacement – aujourd'hui, c'est la surprise qui surpasse tout ce que j'ai pu penser de lui. C'est un fait : je connais ce type, du moins, je l'ai déjà vu.

J'ai du mal à le croire. Je dois me tromper ou m'être cogné la tête sans m'en apercevoir. Pourtant, j'ai bien l'impression que je ne rêve pas. Cette bouche, ces yeux azur qui m'ont interpellée la première fois que Meg m'a montré la photo de son frère. Les longs cils, les cheveux noir de jais… Tant de différences avec ma meilleure amie que si elle ne l'avait pas mentionné, je n'aurais jamais cru qu'ils étaient jumeaux. Je plisse les yeux, les braque droit dans les siens à la recherche d'un détail qui me prouve que je me trompe. Malgré les cicatrices et la barbe qui lui mange la moitié du visage, je sais qu'il n'y a pas erreur sur la personne. Plus je le dévisage et plus je suis sais que j'ai raison. Mais ça n'a aucun sens, comment puis-je me trouver face au frère disparu de ma meilleure amie ? Mais c'est bien lui ! J'en mettrais ma main à couper.

— Je m'excuserais bien d'agresser votre vue, mais en fait, je n'en ai ni le temps ni l'envie. Alors, ma beauté, vous allez être une gentille fille et vous déplacer un peu pour me laisser passer, c'est d'accord ? lâche-t-il avec sarcasme.

Comme d'habitude, sa voix m'arrache un frisson et si elle n'était pas aussi glaciale, je pourrais fondre. Je décide d'ignorer l'avertissement dans ses paroles et reste impassible. De nouveau, je laisse mon regard glisser sur lui. La première fois que nous nous sommes croisés, je ne l'ai vu que de dos. À cet instant, j'ai tout loisir de le détailler et vu le morceau, j'en ai pour mon argent.

Il me domine de plusieurs têtes, et si je retrouve en lui quelques traits communs avec ma meilleure amie comme la forme des yeux et un nez fin, l'azur de ses yeux est nettement plus clair, presque transparent. Ajoutés à cela des lèvres sensuelles malgré le pli indéniablement courroucé qu'elles arborent ; des traits taillés à la serpe, une mâchoire carrée dissimulée par une barbe mal entretenue. Des épaules larges et un torse puissant mis en valeur par ses vêtements de sport, des bras musclés sans que ce soit excessif, des mains immenses... Je suis certaine qu'une seule suffirait à recouvrir mon visage. Je réprime le frisson intempestif qui court le long de mon échine, ce n'est pas le moment de me laisser aller.

Tiens bon Jayla !

Il fait un pas de côté dans l'intention de me contourner et partir, mais je suis chacun de ses mouvements comme si j'étais son ombre. Je ne sais pas pourquoi je fais cela, mais c'est plus fort que moi, il faut que je sache, je ne peux pas le laisser filer. Je joue un jeu dangereux, j'en ai conscience, il n'y a rien de plus irritant que se retrouver face à quelqu'un qui refuse de vous laisser passer, mais je ne dois rien lâcher. Je dois obtenir coûte que coûte les réponses à mes questions.

Il fait un pas de l'autre côté et je l'imite aussitôt. Je suis têtue, lorsque quelque chose m'interpelle, je ne lâche rien. Imperceptiblement, sa posture change : les pieds bien campés au sol, il semble se préparer à bondir et je suis persuadée que s'il le faisait, je n'aurais aucune chance de le retenir. Alors, je me redresse pour lui faire comprendre que je suis aussi déterminée qu'il semble l'être. Le regard noir qu'il me lance aurait de quoi en faire fuir plus d'un, mais c'est mal me connaître. Alors, je fais ce que sais faire de mieux : je lui offre mon plus beau sourire et le fixe avec intensité. Ce qui a pour effet de l'agacer un peu plus. Instinctivement, je comprends qu'il tente de se maîtriser. Ses mâchoires tressaillent nerveusement tandis qu'il inspire profondément.

Nous livrons un duel psychologique. Comme dans un combat de boxe, nous nous jaugeons, cherchant à savoir lequel de nous deux prendra l'avantage. Mon sourire s'élargit, contrairement à lui, je suis très calme, j'ai tout mon temps. Et surtout, j'adore jouer.

Seigneur, il faut que je le dise à Meg !

Oui, mais...et si je me trompais ? Pourtant, je suis convaincue qu'il s'agit bien de lui, mais il y a certaines choses que je ne comprends pas : quand est-il rentré ? A-t-il pris contact avec sa sœur ? Non, je le saurais : Meg me l'aurait dit. Alors pourquoi ne l'a-t-il pas fait ? De deux choses l'une : soit je ne suis pas physionomiste et je fais erreur. Auquel cas, mon comportement me fait en ce moment même passer pour une espèce de psychopathe. En même temps, ce n'est pas comme si c'était grave, ce type ne me supporte pas. Soit, il est bien celui que je crois. Mais alors, pourquoi s'est-il installé ici, à Boston, sans donner signe de vie à sa famille ? Personne ne ferait cela ! Peut-être suis-je complètement folle, tout simplement ? Et si, parce que je n'ai pas été capable de voir les problèmes de mon ex, je ne faisais que m'imaginer des embrouilles là où il n'en existe pas ? Malgré le doute qui m'assaille, je continue de soutenir son regard. Autant aller jusqu'au bout.

D'un geste rageur, il passe une main dans ses cheveux.

— Sérieusement, vous devriez arrêter votre... truc, lâche-t-il d'une voix rendue dangereusement sourde par la tension.

Il est furieux. C'est maintenant ou jamais.

— Tom ? C'est bien toi ? Tom Connoly ?

Chapitre 12

Tom

À pcinc a-t-elle posé sa question que je réagis immédiatement. Je ne lui laisse pas la chance d'ajouter un mot. Dans ma tête, tous les signaux d'alarme sont au rouge. Comment cette fille connaît-elle mon nom ? D'un geste brusque, je l'agrippe par le bras et la tire jusqu'à un renfoncement, là où personne ne peut nous voir. Elle se laisse faire sans résister, certainement trop surprise par ma réaction. Je la pousse sans ménagement, son dos rencontre durement le mur. Aussitôt, je plaque un bras juste au-dessus de sa poitrine et l'autre contre son épaule, lui coupant le souffle et l'empêchant de bouger. Ce n'est que lorsqu'elle grimace et lâche un grognement de douleur que je relâche légèrement la pression. Il faut que je me maîtrise. C'est une femme que j'ai en face de moi, bien plus petite que moi de surcroît et je pourrais la briser d'un geste, si je le voulais.

— Non, mais ça va pas bien dans ta tête ? explose-t-elle dans une colère indignée.

Elle ne m'impressionne pas, d'autres avant elle ont essayé.

— Comment sais-tu qui je suis ? craché-je d'une voix sourde.

Ses yeux s'écarquillent sous la rudesse de mon ton mais je ne me laisserai pas avoir par la lueur d'incompréhension dans son regard. Elle pourrait tout à fait feindre l'innocence.

— Pas de ça avec moi ! Qui t'envoie ? La sécurité intérieure ?

Dans ma tête, tous les scénarios prennent forme et peu à peu, les pièces du puzzle s'assemblent. La présence de cette fille, jolie qui plus est, dans l'appartement qui jouxte le mien n'est pas une coïncidence : quelqu'un l'a envoyée pour me fliquer. La colère m'envahit au souvenir des semaines passées dans leur espèce de centre de rétention, où ils m'ont interrogé jour après jour. Mon seul crime : avoir été capturé. Face à moi, ma voisine ne me lâche pas des yeux. Pour autant, elle ne m'a toujours pas répondu.

— Je t'ai posé une question : qui t'envoie ?

— Les types de la zone 51. Je suis un agent sous couverture, chargée de repérer les extra-terrestres en situation illégale et justement, ton nom est sorti de ma base de données, me répond-elle le plus sérieusement du monde.

Elle se fout de ma gueule !

Je raffermis la pression, mais cette fois, je rencontre une certaine résistance et ma voisine me fusille du regard.

— Arrête ça tout de suite ou je crie ! crache-t-elle en soutenant mon regard.

Je me penche légèrement vers elle, mon visage n'est qu'à quelques centimètres du sien. Elle sent bon, très bon même, le genre d'odeur florale qui me rend fou. Je reste concentré malgré le trouble qu'elle provoque en moi.

— Ouvre la bouche et je te bâillonne, murmuré-je d'une voix dangereusement calme.

— Fais gaffe, j'ai de bonnes dents, réplique-t-elle sur le même ton, un éclair insolent dans les yeux.

Je recule la tête et lui offre un regard dur, serrant les mâchoires. J'ai du mal à comprendre ce qu'elle cherche. Tenir tête à quelqu'un de cette manière dans sa situation – acculée à un mur, sans défense – pourrait s'avérer très dangereux pour elle, dans d'autres circonstances. Cette fille est soit très courageuse, soit complètement stupide. Un peu d'intimidation devrait lui ôter son air bravache en quelques secondes.

— Je suis formé au combat rapproché et j'en ai maté des plus coriaces que toi.

Elle plisse les yeux et serre les poings, hors d'elle.

— Ne me défie pas, susurre-t-elle avec un sourire dangereux.

Elle ne bouge pas un cil, absolument pas émue par la menace contenue dans mes paroles. Au contraire, elle continue de me fixer et ses prunelles couleur whisky lancent des éclairs. Surpris par sa pugnacité, je reste bouche bée.

— Sinon quoi ? reprends-je, soudain déterminé à la pousser dans ses retranchements.

— Écoute, G.I Joe : je fais de mon mieux pour rester polie mais si tu ne me laisses pas un peu d'air, je jure que tu vas faire la connaissance de mon genou et je suis pratiquement sûre que tu ne vas pas aimer.

Elle appuie ses paroles en reluquant ostensiblement mon entrejambe avant de remonter vers mon visage et me décoche un de ces regards qui vous donnent envie de fuir à l'autre bout de la terre.

Bigre ! Cette fille est du genre à ne pas se laisser marcher sur les pieds malgré sa petite taille et son air doux.

Mon cerveau tourne à plein régime. Il est évident qu'elle est une civile. Je me trompe sur toute la ligne, personne ne l'a envoyée pour me surveiller. D'autre part, si elle travaillait pour le gouvernement, elle aurait eu un tout autre comportement. Ce qui veut dire que j'ai passé les dernières minutes à me comporter comme un gros con paranoïaque. Mais alors, comment me connaît-elle ? Elle ne fait pas partie des gens que je côtoyais avant, j'en suis sûr, elle est le genre de nana qu'on n'oublie pas.

Plus les secondes passent et plus je regrette de m'être montré violent. Planté devant ce petit bout de femme, je passe en revue les excuses que je pourrais lui sortir, mais que lui dire, le mal est déjà fait et il est clair qu'elle doit me prendre pour un cinglé.

— Hé, le gros dur ! Tu veux bien me relâcher maintenant ou je dois crier pour ameuter tout le quartier ? dit-elle calmement, un sourire sarcastique jouant sur ses lèvres pleines.

Une vague de honte me submerge lorsque je me rends compte que je la maintiens toujours avec force contre le mur. Je la libère aussitôt et fais un pas en arrière.

— Mon dos te remercie, dit-elle avec un soulagement évident qui m'arrache une grimace coupable.

— Je suis navré et...

— Un peu parano aussi, hein ? m'interrompt-elle en ricanant.

Touché. Immédiatement, je sens mon visage prendre feu. Cela ne m'était pas arrivé depuis une éternité, l'adolescence, je crois. Cette fille me déstabilise.

— Je suis... désolé. Pour tout ça, je veux dire, m'excusé-je en agitant un doigt entre elle et moi.

Elle incline la tête de côté, relevant les yeux vers moi d'un air pensif puis un grand sourire éclaire son visage. J'avoue que je suis un peu perturbé par sa réaction.

— Salut, monsieur Désolé, je suis Jayla Waters, se présente-t-elle d'une voix joyeuse en me tendant la main pour me saluer.

Ignorant le frisson qui me traverse à ce contact, je prends ses doigts délicats au creux de ma paume, ils semblent minuscules, comparés à mes grosses paluches. Et sa peau est d'une douceur incomparable. Je reste immobile, un sourire incertain sur les lèvres, me demandant ce que je vais bien pouvoir trouver pour me faire pardonner. Elle a un très beau visage, traits fins, pommettes hautes et délicieusement rondes, des lèvres pleines. Mais ce qui m'interpelle le plus, ce sont ses yeux. Deux lacs du plus pur des malts dans lesquels je me noierais bien volontiers. Des iris couleur whisky au-dessus desquels se lèvent des sourcils ironiques.

— J'aimerais bien récupérer ma main, si ça ne te dérange pas.

Je m'exécute aussitôt, quelque peu gêné de m'être laissé aller à la contempler sans la lâcher puis recule de quelques pas en passant une main nerveuse dans mes cheveux. Cette situation est vraiment trop bizarre. En face de moi, Jayla continue de sourire. Je reste figé avec l'impression qu'elle essaie de détourner mon attention du fait qu'elle me jauge avec attention. Qu'elle regarde au-delà de mon apparence, qu'elle voit derrière les cicatrices qui me défigurent. Je déglutis avec difficulté, me sentant soudain vulnérable. Et alors que je ne m'y attends pas, elle avance vers moi, puis me dépasse. Je la suis du regard.

— Je crois qu'on a des tas de choses à se dire, Tom. Par contre, je ne pense pas que le palier soit le lieu rêvé pour ça. On sera mieux chez moi, tu ne crois pas ?

J'écarquille les yeux, aussi surpris par elle que par la tournure de la soirée. Elle veut que je la suive chez elle... *Est-ce que j'en ai envie ?*

— Tu te rends compte que je pourrais être un psychopathe et te saigner à mort une fois ta porte refermée ?

Elle se retourne vers moi et l'éclair de tristesse qui passe fugacement sur son visage me fait un drôle d'effet. Mais très vite, elle se reprend, si bien que je crois avoir rêvé cet instant.

— Je ne crois pas, non. Mais peut-être que je me trompe...

Je prends le temps de peser ses paroles, certainement parce qu'il me faut réfléchir au fait de la suivre ou non. Aller chez elle, c'est sociabiliser, je ne suis pas sûr que ce soit la meilleure idée au monde.

Comme je ne bouge pas, elle s'arrête sur le pas de sa porte et met un poing sur sa hanche avant de lâcher un soupir.

— Bon, puisque tu as besoin qu'on te rassure, on va regarder les choses autrement. Tu me fais confiance ?

Je ricane, sachant que ce que je vais dire n'est absolument pas contre elle.

— Non, lui réponds-je calmement.

Un sourire un rien félin étire ses lèvres.

— Quel homme intelligent, conclut-elle en entrant dans son appartement, laissant sa porte grande ouverte.

Je secoue la tête, incrédule, et me décide à la suivre.

Chapitre 13

Tom

— Tu veux boire quelque chose ? me demande-t-elle depuis la cuisine.

Je ferme la porte avec précaution et me dirige vers l'immense canapé qui semble confortable.

— Si tu as une bière…

— Ça marche ! Installe-toi en attendant, m'enjoint-elle gentiment.

Je jette un regard autour de moi. Si nos appartements respectifs semblent être disposés en parfaite symétrie et disposer des mêmes équipements, celui de Jayla est résolument plus féminin et accueillant. Elle a emménagé depuis seulement quelques semaines et pourtant, tout a déjà trouvé sa place. Le sofa, les gros coussins disposés çà et là dans la pièce à vivre, les rideaux, les tableaux aux murs, la bibliothèque pleine de livres… il y a même deux ficus près des fenêtres. Le tout donne au lieu une ambiance agréable et je suis soulagé qu'elle ait choisi de discuter ici plutôt que chez moi. Bien qu'il soit propre, ma décoration – si tant est que ce soit le bon mot – est sommaire et de toute façon, ça me convient bien comme ça.

Jayla me rejoint avec un plateau sur lequel elle a disposé nos bières et deux bols de biscuits apéritifs. Je la remercie intérieurement, avec le coup de téléphone au centre d'écoute, je n'ai pas pris le temps de manger, du moins, pas assez. Elle dépose son chargement sur la table basse puis s'installe sur le fauteuil en face du mien et d'un geste de la main, m'invite à me servir. En la voyant se mettre plus à l'aise dans son siège, je comprends que les questions ne vont pas tarder. Autant prendre les devants.

— Je suis prêt à répondre à toutes tes questions, mais d'abord : comment sais-tu qui je suis ?

— Tu as été porté disparu sur le front, j'ai vu ta tête aux informations.

Je hoche la tête, son discours tient la route.

— Bien. Maintenant, que veux-tu savoir ?

— Beaucoup de choses, en fait. Mais on va résumer ça en quelques mots : quand, comment et pourquoi avoir choisi Thomas Doe comme nom ? répond-elle en portant sa bouteille à ses lèvres.

Je lâche un ricanement amer.

— Eh bien, tu n'y vas pas par quatre chemins ! J'ai gardé mon prénom, bien qu'on m'ait appelé Tom toute ma vie. C'est la seule chose qui me raccroche à mon passé. En ce qui concerne mon nom, j'ai choisi Doe… Je me sentais perdu, je ne me reconnaissais plus vraiment dans Tom Connoly, alors j'ai fait ce qu'il fallait et j'ai changé d'identité. Quant au reste de tes questions, il y a tant à dire... en tout cas, prépare-toi à passer la nuit avec moi.

Elle lève un sourcil et un éclair malicieux brille dans son regard.

— Mais enfin, Tom... pas le premier soir ! minaude-t-elle.

Je manque avaler ma gorgée de bière de travers.

— Pardon ? lui demandé-je, absolument pas certain d'avoir compris ce qu'elle vient de dire.

— *En tout cas, prépare-toi à passer la nuit avec moi*, répète-t-elle en mimant des guillemets.

Touché. Encore. La honte.

— Ce n'était pas... ce que je voulais dire..., balbutié-je.

Elle balaye mes mots d'un haussement d'épaules désinvolte, m'offrant un demi-sourire.

— Je suis sûre que ça sonnait différemment dans ta tête... mais s'il te plaît, ne redis plus jamais ça, c'est vraiment trop bizarre !

Une vague de chaleur m'envahit et j'ai toutes les peines du monde à ne pas montrer mon trouble.

Un ange passe.

Je coule un regard vers elle et m'aperçois que ses lèvres tremblent légèrement dans une veine tentative de garder son sérieux et je comprends immédiatement, qu'elle se moque ouvertement de moi. Nous éclatons de rire au même moment. Cela faisait longtemps qu'une telle chose ne m'était pas arrivé et il faut que ce soit avec ma voisine que j'ai emmerdée pendant des semaines. Qui l'aurait cru ? En tout cas, pas moi. Loin d'être une chieuse coincée, cette fille est juste incroyable : en une simple phrase, elle tourne la situation à son avantage. Belle, intelligente et piquante. Dangereuse.

Il nous faut quelque temps pour recouvrer notre calme, mais lorsque Jayla vient à reposer son regard sur moi, son air sérieux me fait regretter de l'avoir suivie chez elle. Ses questions appellent des réponses et je ne suis pas certain d'être prêt à me livrer. À elle ou à qui que ce soit. Mais après la scène sur le palier, j'imagine que je lui dois bien ça. J'inspire une grosse goulée d'air puis me lance.

— Je suis de retour à Boston depuis neuf mois...

Une lueur de surprise passe dans son regard, mais elle ne m'interrompt pas, ce dont je lui sais gré vu comme il est difficile pour moi de parler de l'année qui vient de s'écouler.

— Il y a un an et demi, alors que j'accompagnais un convoi humanitaire... nous sommes tombés dans une embuscade. Mon escouade, les bénévoles et moi avons été séparés, certains ont été blessés, d'autres...

Je marque une pause, l'émotion me serrant la gorge. Je prends quelques gorgées de ma bière afin de temporiser un peu.

— J'ai été fait prisonnier. Ils voulaient que je leur dise où était notre camp de base et quand je n'ai pas voulu leur donner l'info, ils ont tenté de l'obtenir par d'autres moyens.

Portant une main tremblante devant sa bouche, Jayla étouffe un cri.

— Quels moyens ? souffle-t-elle d'une voix beaucoup moins assurée que quelques minutes plus tôt.

— J'ai été torturé. J'ai failli finir en torche humaine, lâché-je sèchement.

Je détourne le regard afin de ne pas voir dans le sien ce que je redoute le plus. Le plus dur dans tout ce que j'ai traversé n'est pas la douleur, mais la pitié. C'est le sentiment que provoque mon histoire chez les gens. Et je ne veux pas de la pitié de qui que ce soit. Je ne suis pas à plaindre puisque je m'en suis sorti. Ce n'est pas le cas de toutes les femmes et des enfants présents ce jour-là. Ceux que nous aurions dû protéger.

Un silence pesant s'installe. Dans le vain espoir de me donner contenance, je finis ma bière d'une traite puis, je la repose d'un geste maîtrisé sur le plateau. Mon hôtesse se lève sans un mot et se dirige vers la cuisine. Elle en revient quelques secondes plus tard avec une bouteille de Jack Daniels et deux verres. Sans un mot, elle nous sert et se réinstalle à sa place.

— Mais tu t'en es sorti, non ?

Je grimace puis bois le contenu de mon verre cul sec.

— Où est la mort quand on a besoin d'elle, n'est-ce pas ? dis-je abruptement.

Le visage de Jayla se décompose.

— Je... je ne voulais pas dire... Excuse-moi, j'ai été maladroite, bredouille-t-elle.

Je laisse échapper un soupir. Voilà ce qui arrive quand je parle de ce qui s'est passé l'an dernier.

— Non, c'est à moi de te présenter mes excuses. Évoquer le sujet me rend un peu agressif.

Elle hoche la tête, un sourire crispé sur les lèvres.

— Je comprends…

— Non, je ne pense pas, asséné-je sèchement.

Aussitôt, je me sens coupable. Même si c'est elle qui a demandé que je lui raconte mon histoire, je n'ai pas à me montrer si dur envers elle. Je me sers à nouveau une rasade de Jack – grosse cette fois-ci. J'ai besoin d'un peu de courage liquide. J'en avale une gorgée, le feu du whisky me réchauffe et me délie la langue.

— Une fois secouru, j'ai été rapatrié vers un hôpital militaire pour soigner mes blessures, et comme j'étais brûlé au troisième degré sur la majeure partie du côté droit, j'ai dû subir des greffes de peau. Je te passe les détails concernant la douleur, les semaines sous sédatifs à hautes doses. En résumé, j'étais dans le coaltar du matin jusqu'au soir. Et comme si ça ne suffisait pas, une fois rétabli, j'ai été mis aux arrêts.

— Quoi ? Mais pour quelle raison ? Tu n'as rien fait de mal, n'est-ce pas ?

— Apparemment, ce n'est pas l'avis de la Sécurité Intérieure. Puisque j'avais été capturé et torturé, j'avais forcément divulgué des informations sensibles.

Incrédule, Jayla secoue la tête. Je ne peux que comprendre sa réaction, je me suis posé les mêmes questions qu'elle.

— Ça a dû être une terrible épreuve. Je comprends mieux

ta réaction de tout à l'heure, m'assure-t-elle.

— À propos de ça, je voulais encore m'excuser.

— C'est oublié, Tom. Tu avais tes raisons et elles étaient tout à fait légitimes, m'assure-t-elle d'une voix douce. Le principal c'est qu'aujourd'hui, tu ailles mieux. Tu reviens de loin.

Je hoche la tête puis plante mes yeux dans les siens.

— Tu n'as pas idée. J'ai failli y passer.

— Des brûlures au troisième degré, surtout si elles sont étendues, ne sont jamais anodines...

Je l'interromps d'un geste puis me lève et viens me poster face à elle, bien déterminé à ne rien lui cacher de ce que j'ai traversé. Peu de gens sont au courant de mon histoire, en réalité une seule personne en connaît la pleine mesure. Je ne suis pas du genre à me livrer au premier venu, mais étrangement, avec Jayla, cela me semble naturel. Je sens que je dois me montrer honnête avec elle. Pourtant, c'est loin d'être évident, ce genre de choses n'est pas de celles qu'on place aisément dans une conversation.

J'inspire un grand coup, termine mon verre d'une traite puis me lance :

— Je m'appelle Tom Connoly et cela fait deux cents jours que je n'ai pas touché à la drogue.

Chapitre 14

Jayla

Sirotant mon whisky, j'accueille la révélation de Tom sans ciller. Puis je repose mon verre sur la table, l'esprit en ébullition.

Qu'attend-il de moi ? Que je le félicite ? Que je le plaigne ? Je n'ai aucune idée de la façon dont je dois réagir. Tout ce que je sais, c'est que je veux arrêter cette mascarade. Je pense qu'il a réellement besoin qu'on le secoue et qu'il ouvre les yeux. Alors oui, ce qu'il a traversé est terrible et je ne connais personne qui puisse faire preuve d'autant de force. Cependant, il se focalise sur sa version de l'histoire, et je pense que pour lui, seule compte sa survie. *Mais a-t-il seulement songé à Meg ? À ses parents ?*

À mon tour, je me lève puis fais quelques pas afin de me poster derrière la causeuse sur laquelle j'étais assise. Je prends mon temps, ressentant un besoin impérieux de prendre de la distance – autant physique que temporelle. J'ai l'impression de ne pas pouvoir raisonner normalement lorsqu'il est trop près de moi et il faut que je sache par quel bout prendre le problème. Je pose mes deux mains sur le haut du dossier du fauteuil et observe Tom quelques instants. Le regard qu'il me lance en retour est étrange, à la fois perçant et incertain ; quant à cette ombre de sourire qui ourle ses lèvres, je ne sais pas si j'ai envie de le voir disparaître ou s'élargir un peu plus.

Nous nous jaugeons en silence et je fais de mon mieux pour ignorer le frisson qui me parcourt du sommet de la tête jusqu'au bout de mes orteils. J'ai la sensation que ses yeux azur me transpercent et je ne sais pas encore si cela doit me plaire ou non. Avec une certaine appréhension, je prends conscience qu'il me trouble.

Jayla, non ! Ce type respire les emmerdes à des kilomètres. Souviens-toi de Josh !

Bien déterminée à garder le contrôle de la situation – et de mes émotions – j'ancre mes pieds au sol et adopte une stature plus droite : menton relevé, œil inflexible, visage de marbre. C'est le minimum que je peux faire puisque, apparemment, Tom ne semble pas être du genre à fuir les gens du regard. D'habitude, moi non plus, mais je dois avouer que l'homme que j'ai en face de moi est *absolument magnifique,* mais pour le moins impressionnant et je rencontre, une certaine difficulté à maintenir le contact visuel.

Je fais une synthèse rapide de la soirée, prends le temps de trois inspirations profondes et me lance.

— Quelqu'un d'autre est au courant ? je lui demande d'une voix plus sèche que je ne l'aurais souhaité.

— Comment ça ?

— De tout... Tu dois bien avoir des amis, non ?

Il hausse les épaules.

— Je ne suis pas le type le plus social du monde, dit-il, laconique.

Je lâche un ricanement des plus sarcastiques.

— Sans blague ? En même temps, si tu fais à tout le monde ton numéro de gros dur parano, ça se comprend.

Aussitôt dit, je me mords la lèvre inférieure. J'ai déjà été beaucoup plus diplomate que cela, il faut croire que l'humeur de Tom est hautement contagieuse. Je commence à m'agacer toute seule, au train où ça va, on y sera encore demain. Et puis bon, c'est un fait : non seulement mon voisin n'a pas de réelles prédispositions sociales, bien au contraire, je crois qu'il perdrait au concours de Monsieur Civilité, mais en plus, on ne peut pas dire qu'il soit très bavard. Sauf quand on l'y oblige.

— Tu peux arrêter ça ? me dit-il au bout de quelques secondes.

— Quoi ?

— Tu tapes du pied, c'est stressant.

— Dit celui qui passe ses nuits à m'empêcher de dormir ! Le manque de sommeil, ça, c'est réellement stressant, si tu veux mon avis, riposté-je en le fusillant du regard.

Ses mâchoires se contractent sous la pique, mais il accuse le coup en silence et retourne s'asseoir sur le canapé. Immédiatement, je sens un poids s'ôter de mes épaules. Il saisit la bouteille de Jack Daniels, la considère un instant puis la repose sans s'être resservi. *Sage décision.*

Contre toute attente, après un long soupir, Tom se remet

à parler.

— Comme je te l'ai dit tout à l'heure, il n'y a qu'une personne qui soit au courant de ma présence à Boston. Il y a près d'un an, j'ai fait une overdose. J'ai été secouru in extremis par un homme qui passait par là. Il m'avait suivi alors que je m'introduisais illégalement dans le stade Fenway. Je... lui dois la vie : malgré moi, il m'a forcé à me reprendre en main, m'a collé en désintox, m'a accueilli chez lui, alors que, franchement, j'étais une épave. Je le suis toujours, pour être totalement honnête...

Il passe une main nerveuse dans ses cheveux et bien qu'il semble que cela lui coûte de me parler , il ne peut s'empêcher de sourire à l'évocation de son sauveur.

— Ma pension de vétéran ? C'est à lui que je la dois. Il m'a aidé à remplir la montagne de paperasse pour l'obtenir. Mon appartement ? Idem. Je ne pourrais jamais assez remercier Hank d'avoir croisé ma route ce soir-là.

Je sursaute à la mention du nom. Aussitôt, tous mes sens se mettent en alerte.

— Hank ? Le propriétaire ? lui demandé-je en plissant les yeux.

Il me regarde sans comprendre.

— Euh... Oui. Le propriétaire de ton appartement et du mien.

— Putain ! m'exclamé-je en tapant du plat de la main sur le dossier de la causeuse.

Je commence à faire les cent pas, incapable de rester immobile. Dans ma tête, la lumière se fait et peu à peu, les pièces d'un puzzle sacrément tordu s'assemblent.

— Sacré Hank ! grommelé-je, furieuse.

Je m'arrête à nouveau devant la table basse, attrape la bouteille de Jack Daniels, en retire rageusement le bouchon et bois directement au goulot sous l'œil médusé de Tom.

— Ah ! Merci, merci beaucoup de m'avoir mise dans cette situation de merde ! crié-je en l'air.

Tout en lançant un regard furieux à Tom, je repose la bouteille avec fracas. Il fronce les sourcils, visiblement dérouté par mon changement d'humeur.

— Je peux savoir ce qui se passe ? me demande-t-il prudemment.

— Ce qui se passe ? Il y a que Hank est vraiment...

Je soupire à la fois en colère et désolée. Tom ne va vraiment pas aimer ce que je vais lui dire. Mais alors vraiment pas.

— Écoute, je n'ai pas été tout à fait honnête avec toi.

Il s'enfonce dans mon canapé. Les bras croisés faisant ressortir ses muscles, il darde un regard glacial sur moi.

— Explique-toi, me somme-t-il d'une voix dure.

— Hank est mon patron. Je travaille dans son bar, quelques heures par semaine, pour payer mes études et maintenant, mon loyer...

Je marque une pause, le temps de trouver mes mots. Face

à moi, Tom ne bronche pas et me fait signe de la tête de continuer.

— Tu te souviens, lorsque je t'ai dit que je t'avais reconnu grâce à ta photo, aux informations ? Eh bien, ce n'était pas tout à fait la vérité. En réalité, je t'avais déjà vu ailleurs. En photo... Dans le portefeuille de ta sœur.

Il se penche en avant, le regard perçant.

— Tu veux bien être plus précise, s'il te plaît ? me demande-t-il d'une voix dangereusement calme.

— Meg est ma meilleure amie.

Chapitre 15

Jayla

Livide, Tom se relève d'un bond. En deux enjambées, il me fait face et me domine de toute sa hauteur.

— Tu te moques de moi ? crache-t-il furieusement.

Je secoue la tête, incapable de lui donner à haute voix la réponse qu'il attend. Il scrute intensément mon regard puis se frotte le visage nerveusement.

— Putain… C'est pas possible ! souffle-t-il d'une voix blanche.

J'acquiesce d'un air grave, mais ne peux retenir un ricanement sans joie.

— C'est exactement la réflexion que je me fais depuis que je t'ai percuté dans les escaliers.

Tom recule d'un pas puis ouvre la bouche avant de la refermer, fuyant mon regard. Une lueur d'hésitation traverse ses prunelles azur avant qu'il ne les repose sur moi.

— Que comptes-tu faire ?

— J'allais te poser la même question.

Il hausse les sourcils, étrangement surpris.

— Moi ? Rien du tout. Je suis très bien comme je suis.

Je le regarde fixement, sans parvenir à croire qu'il vient vraiment de dire cela. Puis peu à peu, la colère remplace la stupéfaction.

— Tu n'es pas sérieux, n'est-ce pas ? Tu ne peux pas juste faire comme si le problème n'existait pas !

— Bien sûr que je le peux, je l'ai déjà fait avant et ça m'a plutôt bien réussi.

J'écarquille les yeux, absolument outrée par ses paroles.

— Ah oui, j'oubliais : monsieur est le champion de la fuite en avant. C'est vrai que se retrouver accro à la drogue est une réussite, balancé-je d'une voix doucereuse. Peut-être qu'à un moment, tu devrais arrêter de te regarder le nombril et prendre tes responsabilités, non ?

— Et toi, peut-être que tu devrais commencer par te mêler de ce qui te regarde ! me répond-il sur le même ton.

Sans m'en rendre compte, je me suis levée de mon siège et à présent, seuls quelques centimètres me séparent de lui, à tel point que je dois incliner fortement la tête pour parvenir à le regarder dans les yeux. Les siens, jusque-là si clairs, sont à présent aussi sombres qu'un ciel d'orage, mais furieuse comme je le suis, je n'en ai rien à faire. Pointant un doigt rageur sur son torse, je vide mon sac et qu'importent les conséquences.

— Justement, je me mêle de ce qui me regarde ! Meg est ma meilleure amie et c'est ta sœur jumelle, au cas où tu l'aurais oubliée ! As-tu la moindre idée de ce qu'elle a traversé à ta disparition ? Justement, à ce propos, tes parents ont divorcé. La perte de leur fils a été une épreuve si difficile que leur couple n'a pas résisté. Ta mère a sombré dans la dépression et voir ta sœur lui rappelait tant ton absence qu'elle a refusé de la voir pendant des mois. Meg a dû faire face à ce raz de marée, seule. Seule ! Tu t'en rends compte ? Alors que crois-tu que ça lui ferait si elle apprenait que, pendant tout ce temps, tu étais là, bien vivant, à te cacher comme un… lâche ? Tu y as pensé ne serait-ce qu'une minute ?

Quelque chose d'humide tombe sur mon bras et je prends conscience que je suis en train de pleurer. J'essuie mes joues avec rage.

— Comment peux-tu rester là à leur cacher ton existence ? Est-ce que tu sais qu'elle a décidé de ne plus fêter son anniversaire jusqu'à ce que tu reviennes ? Parce que, pour info, tout ce temps, elle n'a pas arrêté de dire qu'elle était sûre que tu étais en vie, que s'il t'était arrivé quelque chose, elle l'aurait senti.

Maintenant à court d'arguments, j'observe Tom à travers mes larmes de colère dans l'espoir qu'il dise quelque chose. N'importe quoi, juste un mot. Mais il reste désespérément muet.

Dépitée, je secoue la tête.

— Je prie pour que jamais tu n'aies à connaître ce que tu as fait subir à ta famille. Tu as une sœur fantastique, mais tu ne la mérites pas. Et tu sais quoi ? Je te plains. Ta vie doit être profondément triste et solitaire, c'est dommage d'être aussi...

— Lâche, répète-t-il dans un murmure.

J'acquiesce, la gorge nouée par un flot d'émotions contradictoires et j'ai tellement de mal à les gérer que j'éprouve des difficultés à respirer. J'ai besoin d'air et surtout, d'être seule. Je regrette d'avoir demandé à Tom de me suivre chez moi, comme je regrette de l'avoir percuté et de l'avoir reconnu. J'aurais tellement voulu continuer à ignorer qui était mon affreux voisin de palier. J'aurais voulu ne pas avoir à gérer cette situation que je n'ai pas demandée. Une nouvelle fois, j'essuie mon visage dans l'espoir d'arrêter ces foutues larmes qui coulent librement.

Soudain, Tom s'approche de moi. Je le repousse aussitôt, ulcérée.

— Sors de chez moi, lui ordonné-je d'une voix sourde.

— Jayla...

— Sors, je t'ai dit ! lui répété-je plus fermement.

Il frotte son visage nerveusement et me fixe d'un air désemparé, cherchant certainement quelque chose à dire. Pourtant, au bout de quelques secondes, ses épaules finissent par s'affaisser, il abandonne.

— Très bien. Mais avant, je voulais juste...

— Quoi ? demandé-je d'une voix lasse.

— Tu penses sincèrement que c'est facile pour moi ? Réfléchis deux minutes, tu crois qu'à chaque fois que je fais le constat de ma vie, je vois un modèle de courage ? Sauf que, regarde-moi...

D'une main, il attrape mon bras et me tire vers lui, puis de l'autre il soulève son t-shirt mettant à nu ses cicatrices.

— Tu vois ça ?

Je fixe la zone de peau boursouflée qui s'étend le long de son flanc droit.

— Et ça ? insiste-t-il en me forçant à poser les doigts sur son visage, là où sa barbe cache en partie les brûlures qui lui ont été infligées durant sa captivité.

Le cœur battant, je soutiens son regard à la fois intense et douloureux.

— Jayla… le Tom qu'ils ont laissé partir il y a quelques années n'existe plus. En face de toi, se tient un pauvre junkie défiguré. Tu crois que je peux aller voir ma famille dans cet état, la bouche en cœur et leur dire « salut, devinez qui est de retour » ? Tu crois que c'est si facile que ça ?

Je hoche la tête. Je comprends ce qu'il veut me dire, mais je n'arrive pas à le cautionner. C'est au-dessus de mes forces.

— Au revoir, Tom, dis-je simplement.

Il me lance un dernier regard puis se dirige vers la porte. Au moment de l'ouvrir, il suspend son geste.

— Est-ce que… est-ce que tu pourrais ne pas dire à ma sœur que tu m'as vu ?

Choquée, j'ouvre de grands yeux. Comment peut-il me demander une telle chose alors que je viens de lui avouer que Meg est ma meilleure amie ? Quel genre de personne serais-je si je devais cacher ce genre d'information ? Ce serait ignoble !

D'un pas raide, je rejoins Tom et lui ouvre la porte en grand.

— Au revoir, Tom, répété-je froidement.

Sans un mot, il sort enfin de chez moi. Et je l'espère, de ma vie.

Chapitre 16 — Tom

Je reçois une rafale de coups, mais je ne peux m'empêcher de rire.

Face-de- Rat arrête enfin et essuie avec dégoût ses mains couvertes de sang. Mon sang. Attaché à cette putain de chaise, je darde sur lui un regard noir. Je sais que je ne sortirai pas d'ici vivant, mais je veux lui montrer qu'il ne me brisera pas. Je respire avec difficulté, quelque chose obstrue ma gorge. Je suis pris d'une quinte de toux, puis je vomis. Malgré la lueur rouge-orangé des flammes, je peux voir la bile mélangée à du sang. Ça pue. Cet enfoiré va me tuer. Je crache afin de me débarrasser des derniers filets de gerbe suspendus à ma bouche. Un rire dément se répercute sur les murs, étrangement familier, et je mets quelques secondes à m'apercevoir que c'est moi qui suis mort de rire. Je suis en train de devenir fou.

Bizarrement, Face-de-Rat rit lui aussi. J'imagine qu'il a de quoi être bidonné : torturer un mec sans défense, au point de lui en faire perdre la tête, c'est d'un drôle ! L'humour, ce langage international.

Soudain, les coups pleuvent à nouveau. Visiblement, pour Face-de-Rat, la pitié, c'est surfait. En même temps, il m'a tellement frappé que je ne sens presque plus rien et je continue à rire, encore et encore, jusqu'à en avoir la voix cassée. Mon bourreau cesse à nouveau de s'acharner sur moi, s'essuie à nouveau les mains, puis, devant mes yeux avides, attrape la louche dans le seau d'eau et boit, se délectant visiblement de cette pause rafraîchissante. Si être battu comme plâtre ne me fait pas grand-chose, ça par contre, le voir gaspiller de l'eau alors que je crève de soif, ça, *c'est le summum de la torture.*

Remplissant une autre louche pour la porter à sa bouche, l'enfoiré suspend son geste et braque ses yeux droits dans les miens. Une lueur d'intérêt brille dans les prunelles noires et il s'approche de moi.

— Tu as soif, étranger ? me demande-t-il d'une voix douce.

Muet, je passe une langue avide sur mes lèvres craquelées.

— Tu en veux ? réitère-t-il en avançant la louche vers moi.

Si j'en veux ? Oh, Seigneur tout puissant ! Malgré moi, je ne peux m'empêcher de hocher frénétiquement la tête. Une vague de honte me submerge tandis que j'entrouvre en tremblant des lèvres avides d'eau. J'ai tellement soif !

Alors, l'homme tend la main vers moi et, à quelques centimètres de mon visage, renverse avec une lenteur calculée le contenu de la louche au sol. Je laisse échapper un grognement désespéré alors que ce fils de pute se tord de rire. Toujours hilare, il se retourne et repose l'objet dans le seau. Puis à nouveau les coups, plus violents encore que les précédents. Je ferme les yeux et prie pour que tout s'arrête tandis que les os de mon visage craquent avec des bruits sinistres. Le coup suivant est le plus brutal et je perds conscience.

J'ouvre les yeux, un cri étranglé dans la gorge, le cœur battant la chamade. D'un bond, je sors de mon lit et cours vers la cuisine. Me penchant au-dessus de l'évier, fais couler l'eau et bois à même le robinet. Goulée après goulée, je m'abreuve du liquide bienfaisant, jusqu'à en faire déborder mon estomac. Alors, je rends tout ce que j'ai bu. Toussant et crachant, je tremble de tout mon corps, essayant de ne pas m'étouffer avec mon propre vomi, puis je me laisse glisser au sol, la respiration sifflante.

Chapitre 17

Jayla

Je me réveille en sursaut avec l'impression que deux yeux azur me transpercent l'âme. Épuisée par le manque de sommeil induit par des nuits agitées, je me traîne avec difficulté dans la salle de bains, me déshabille et rentre dans la douche. L'eau brûlante sur ma peau me sort peu à peu de ma torpeur et dénoue mes muscles tendus à l'extrême. Dans ma tête tourne la même question : « Et si j'avais tort ? »

Deux jours ont passé depuis que j'ai mis Tom à la porte de chez moi et si j'avais cru qu'en la refermant, je ne penserais plus à lui, qu'il me suffirait de ne plus le voir pour oublier cette histoire et même jusqu'à sa présence, eh bien... je me trompais lourdement. Il n'y a pas une minute sans que je songe à notre discussion et à ce qu'il m'a demandé. Pas une minute sans que je me demande ce qui serait arrivé si je ne l'avais pas percuté dans les escaliers. Pas une seconde sans que je me dise que finalement, j'étais bien mieux chez mes parents ! Et bien que la raison m'a dicté à plusieurs reprises de prendre mon téléphone et d'appeler Meg, je n'en ai rien fait. Je n'y arrive pas. Il y a quelque chose chez lui. Quelque chose dans la façon dont il m'a regardée. Quelque chose qui m'empêche de faire ce que je sais être raisonnable. Mais ces yeux hantés par la douleur, la peine et la culpabilité... Comment ne pas être bouleversée ?

Après Josh, je m'étais juré de ne plus jamais approcher un mec à problèmes. D'ailleurs, mon voisin les respire à plein nez. Sur son front, il y a marqué « danger » en lettres capitales. C'est tellement évident que j'aurais dû faire demi-tour la première fois que je l'ai croisé, résilier le bail de location et rentrer chez papa et maman.

J'aurais dû... mais je ne l'ai pas fait.

D'une manière ou d'une autre, Tom a réussi à toucher une corde sensible et je ne trouve rien de mieux que de trahir à la première occasion la ligne de conduite que je m'étais imposée. Et par-dessus tout, je sais que tôt ou tard, tout ça m'explosera en pleine figure. Je dois être masochiste ou souffrir de je ne sais quel trouble du comportement. Je sais que je fais la pire erreur de ma vie et pourtant, je suis comme une biche prise dans les phares d'une voiture. Je reste figée, attendant que les ennuis me percutent de plein fouet.

C'est la raison pour laquelle je mettrai à l'avenir un point d'honneur à ne plus le croiser. Qu'il reste dans son coin et moi dans le mien. Dans une semaine, les cours reprennent, c'est ma dernière année et j'ai déjà fort à faire avec mon job au Headquarters et le centre d'appel. Les emmerdes n'ont aucune place dans mon emploi du temps, je dois me concentrer un maximum sur mon année. Pas de distractions, pas d'embrouilles, pas de voisin mignon bourré de problèmes.

Forte de cette résolution, je sors de sous la douche, me sèche et m'habille. Après un petit-déjeuner copieux, je décide que puisque ce soir, je dois travailler au Headquarters et avoir une sérieuse discussion avec mon patron, il est temps de sortir profiter des derniers rayons de soleil de l'été en allant aider ma mère à arracher les mauvaises herbes de son jardin – et surtout faire le plein de câlins et de reprendre des forces avant la confrontation avec Hank.

J'arrive en avance au bar pour être bien sûre de n'y trouver que Hank. Je sais que je n'aurai pas beaucoup de temps devant moi avant que les autres n'arrivent pour prendre leur service. Je ne me change pas, il sera toujours temps de le faire plus tard à condition, bien sûr, que je ne décide pas de rentrer chez moi. Je suis tellement furieuse contre mon boss que je ne sais pas si je pourrais continuer à travailler pour lui et puis me retrouver plusieurs soirs par semaine à côtoyer ma meilleure amie et faire semblant que tout va bien alors que je lui cache quelque chose de grave me rend malade.

Hank me tourne le dos, occupé à essuyer et aligner les verres sur le rack. Je toussote afin de lui indiquer ma présence et m'installe à un tabouret devant le zinc. Il se retourne lentement et fronce les sourcils en me découvrant face à lui.

— Dis donc, Jay… ça ne te ressemble pas d'être autant en avance ! dit-il en m'adressant un sourire lumineux.

Mes mâchoires se serrent convulsivement tandis que je tente de juguler la vague de colère qui monte en moi.

Comment peut-il aussi bien feindre l'innocence ?

— Je crois que vous et moi, on a des choses à se dire, lâché-je vertement.

Il pose lentement son torchon sur le bar et croise les bras. Son calme apparent m'agace profondément.

— J'ai signé mon bail il y a quoi, moins d'un mois, n'est-ce pas ?

— Tout à fait.

— Et depuis, je suis venue travailler deux ou trois soirs, nous sommes bien d'accord ?

— J'imagine que le compte doit être bon, en effet.

J'agrippe le rebord du zinc espérant trouver la force de ne pas exploser dans une rage sans commune mesure. Hank s'agite, semblant enfin prendre conscience de mon état d'esprit. J'imagine que les mauvaises ondes que je dégage y sont pour quelque chose. Satisfaite, je le vois déglutir avec difficulté et lui offre un sourire acide.

— Quand alliez-vous me parler de mon voisin ?

— Ah. Je vois que tu es au courant.

Pour le coup, je me tape le haut du crâne du plat de la main puis lance un regard incrédule à mon patron.

— Sérieusement ? Nous coller dans des appartements mitoyens ne vous semblait pas un peu risqué ? Avouez, vous l'avez fait exprès !

Voir mon patron mal à l'aise alors qu'il est aussi grand et

imposant qu'un ours m'achève. Sa réaction à elle seule suffit à me faire comprendre que j'ai visé juste : mon emménagement à côté de chez Tom n'est en rien une coïncidence.

— Je... je ne comprends pas. Vous saviez qui il était ? Je veux dire, par rapport à Meg. Vous étiez au courant qu'il s'agissait de son jumeau et de tout ce que cela impliquait ? lâché-je, estomaquée.

Il hoche la tête d'un air grave.

— Tu sais, Jayla, parfois, il faut faire des trucs qui semblent mauvais pour avoir de bons résultats.

À ces mots, ma mâchoire se décroche et je suis bien incapable de rétorquer quoi que ce soit tellement j'ai l'impression de marcher sur la tête.

Je n'y crois pas, Hank ne peut pas avoir fait ça, c'est un cauchemar.

— Jayla ? Tout va bien, mon petit ?

Je sursaute en sentant sa main sur mon épaule. D'un geste brusque, je m'éloigne.

— Tu m'en veux ?

Non, mais, il déconne ou quoi ?

Je lui décoche un regard meurtrier.

— Vous croyez ? Je pensais que ma tête façon *grumpy cat* et mon regard vide étaient assez explicites.

Hank fait le tour du bar et vient prendre place sur un tabouret juste à côté du mien.

— Écoute, je connais son histoire. C'est moi qui l'ai trouvé avant qu'il ne fasse une connerie. Plusieurs fois, j'ai pensé tout dire à sa sœur, mais, bon sang Jayla, tu l'as vu ? Il porte tout le poids du monde sur ses épaules et tant qu'il n'aura pas fait la paix avec lui-même, il ne sera pas prêt à revenir vers les siens. Tu ne peux pas savoir comme je m'en veux de vous avoir caché ça, mais...

— Mais quoi ? Vous croyez vraiment ce que vous dites ? j'explose, à bout de patience et de compréhension.

Hank secoue la tête avec résignation. Je devrais me lever et claquer la porte pour avoir été prise en otage dans des problèmes dont je ne voulais pas. Pourtant, d'un regard, mon patron me supplie de l'écouter jusqu'au bout et je reste assise.

— Je sais que tu as du mal à voir où je veux en venir, mais, crois-moi j'ai fait ce que je pensais être le mieux. Et si je t'ai loué l'appartement, c'était parce que je pressentais que tu étais la seule à même de gérer Tom et l'aider.

Je laisse échapper un rire incrédule.

— Vous voulez le fond de ma pensée ? Votre idée est terrible, horrible et incroyablement stupide. Vous vous êtes dit : « Oh, voyons avec cette bonne vieille Jayla, elle saura régler la situation ! Et tant pis si ça met en danger son amitié avec la sœur de Tom, qui, soit dit en passant, est une bombe à retardement à lui tout seul. On va tenter le coup et voir ce qui se passe ». Mais je n'en voulais pas, moi, de votre situation merdique !

Je récupère mes affaires, me lève de mon tabouret et me dirige vers la sortie. Je ne peux pas rester ici ou je vais faire un malheur.

— Je comprends, Jayla, j'aurais dû t'en parler, d'abord ! m'assure Hank d'une voix forte.

Je me fige, prête à pousser la porte.

— Vous auriez surtout dû me laisser en dehors de ça, Hank ! rétorqué-je avec colère. Comment je vais faire pour regarder Meg sans me sentir coupable, maintenant ? Vous êtes mon boss et je vous respecte, mais là, vraiment, vous craignez !

Je pars avant qu'il réponde quoi que ce soit, j'ai besoin d'air et j'imagine que, vu le coup qu'il vient de me faire, il ne verra pas d'inconvénient à ce que je prenne des vacances.

Chapitre 18

Jayla

Les semaines passent sans que je remette les pieds au Headquarters, mais les cours ayant repris et la somme de travail à fournir, gigantesque, je ne m'en porte pas plus mal. Je croise Meg à la fac et tout se passe comme si de rien n'était. J'en suis la première surprise et soulagée. Bon, c'est peut-être parce que justement, nous ne faisons que nous croiser – emplois du temps différents obligent – et depuis un mois, nous ne nous sommes retrouvées que deux fois pour déjeuner.

En vérité, j'aurais pu la voir plus régulièrement, par exemple en acceptant ses invitations à dîner chez elle, mais j'ai préféré jouer la prudence en invoquant les cours et le dispensaire ainsi que l'impossibilité pour le moment de dégager du temps pour moi. Est-ce que cela fait de moi une horrible meilleure amie ? Il y a de fortes chances. Mais peut-être aussi est-ce une manière de préserver Meg, parce que je ne suis pas sûre de pouvoir lui cacher longtemps que son frère est vivant et que « surprise ! », il vit dans l'appartement à côté du mien. Je ne sais pas si faire l'autruche est la meilleure solution, mais c'est celle que j'ai trouvée. Je fais semblant de croire que tout va bien et pour être honnête, je pense être douée question auto persuasion. Même si, parfois, je me demande si Meg pense que je l'évite. J'ignore sciemment la réalité de la situation, simplement pour pouvoir continuer à me regarder dans le miroir tous les matins, tout en sachant que la culpabilité n'est jamais loin. Elle est tapie dans un coin sombre de mon esprit, attendant que je baisse ma garde pour venir me chantonner « je te l'avais dit ».

Suis-je vraiment responsable de tout cela ?

Quoi qu'il en soit, si je devais chercher le positif dans toute cette histoire, je dirais que le fait de ne plus croiser Tom est une bonne chose.

Depuis sa venue chez moi, il s'est fait discret. Ce n'est pas que je pense à lui ou que je ressente une quelconque inquiétude vis-à-vis de lui ; mais j'avoue que dormir des nuits entières sans être dérangée par les hurlements de ses conquêtes d'un soir a des propriétés non négligeables. Mon humeur s'en ressent et ma concentration en cours n'en est que meilleure. Cependant, j'avoue que pas une journée ne passe sans que, juste avant de passer le seuil de ma porte, je tourne la tête vers la sienne. Immédiatement après, j'ai envie de me coller des baffes. Par ce que, si je suis dans cette situation, c'est de sa faute. Je veux dire, ne pouvait-il pas être un voisin normal, gentil, absolument pas bourré de problèmes et surtout en aucun cas être le jumeau de ma meilleure amie, celui-là même qui était censé être disparu à l'autre bout du monde ? En d'autres mots : techniquement mort ? Il ne pouvait pas faire un petit effort ? *Suis-je responsable ?*

Pas une journée ne passe sans que je songe à tout cela et c'est encore ce que je fais ce soir, alors que je sors de chez moi pour aller rejoindre Meg, après avoir enfin accepté de la rejoindre pour dîner. Si j'ai finalement changé d'avis, c'est parce que je veux éviter qu'elle se pose des questions et qu'elle finisse par découvrir que je lui cache quelque chose. Arrivée en bas de l'immeuble, je referme ma veste en cuir sur mon top en satin, en cette fin septembre, les nuits commencent à être fraîches. Dire que je n'appréhende pas de passer du temps avec elle en tête à tête serait mentir, mais en même temps, je suis heureuse de pouvoir retrouver mon amie. Elle me manque beaucoup. Seigneur, comme je voudrais que les choses soient différentes !

À qui la faute ?

Je fais immédiatement taire la voix perfide de ma conscience puis respire un bon coup, réajuste ma queue de cheval et m'élance d'un pas rapide vers le lieu de mon rendez-vous, suivant les groupes de gens qui discutent joyeusement. Comme moi, ils vont profiter du vendredi soir, pause tant attendue après la folie de la semaine. Je souris en entendant une plaisanterie, je fais le plein de gaieté par procuration. Je décide que marcher un peu au milieu des gens me fera du bien – et me permettra de mettre au point une histoire au cas où Meg viendrait à me poser des questions à propos de mon absence de ces derniers temps au Headquarters.

Au bout de quelques mètres, je m'arrête brusquement, prise d'une impression étrange. Mal à l'aise, je regarde autour de moi et c'est là que je le vois. Nos yeux se croisent, se captent et c'est comme s'il n'y avait personne d'autre que nous dans cette rue passante. Un frisson me traverse alors que je sens son regard sur moi, intense, brûlant. Je le dévisage à mon tour, et je suis frappée par ses traits marqués par la fatigue et autre chose que je n'arrive pas à définir. Insidieusement, une vague d'émotions me submerge alors que je reste figée à quelques mètres de lui. Mon instinct me pousse à faire demi-tour et de mettre le plus de distance possible entre nous. Malgré tout, je ne bouge pas d'un millimètre. Pourtant, ce n'est pas comme si je ne savais pas que Tom est un énorme problème à lui seul. C'est même pire que cela : intérieurement, cet homme est un désastre, il est brisé. Raison de plus pour fuir. J'ai déjà donné. Je fronce les sourcils et m'exhorte silencieusement de passer mon chemin, mais la lueur dans ses prunelles bleues me cloue sur place. À mon grand désarroi, je sens mes défenses s'affaisser inexorablement.

Un couple passe entre nous et je le perds de vue quelques secondes. Mon instinct de survie profite de cet instant pour faire surface et me donner la force de bouger. M'approchant du bord du trottoir, je hèle un taxi et m'y engouffre le cœur battant. D'une voix mal assurée, je donne l'adresse de Xander et Meg au chauffeur et me laisse aller contre le siège, soulagée, lorsque le véhicule s'insère dans la circulation. Au moment où je passe près de l'endroit où il se tenait quelques secondes plus tôt, je m'aperçois que Tom ne s'y trouve plus, alors je ferme les yeux et laisse échapper un long soupir. C'est mieux ainsi. Je ne peux rien faire pour lui et encore moins le sauver de lui-même. Je n'ai rien du chevalier dans son armure étincelante, prête à ramasser les superbes mecs cassés en mille morceaux pour tout recoller bien comme il le faut. Non, je suis tout sauf cela. Je ne veux pas être une sorte d'héroïne. Et encore moins la sienne.

Chapitre 19

Jayla

— Je suis tellement heureuse de te voir ! me dit Meg en me serrant dans ses bras si fort que j'ai du mal à respirer.

— Moi... aussi, réponds-je d'une voix étranglée.

Se rendant compte qu'elle m'étouffe, ma meilleure amie me relâche, me lance un regard d'excuses puis rit joyeusement en m'entraînant à sa suite dans le confortable salon de sa maison de Beacon Hill. Elle me débarrasse de ma veste et de mon sac puis part quelques instants pour les ranger dans un placard près du grand escalier qui mène à l'étage. Je m'installe dans le sofa, soudainement un peu nerveuse. Devant moi, sur la table basse est posé un plateau sur lequel se trouvent des verres et une bouteille de vin blanc. Meg sait que je raffole du Sauternes, un vin liquoreux français, je ne peux m'empêcher de lâcher un petit gémissement ému tant je suis touchée par cette attention.

— Xander n'est pas là ? demandé-je en prenant enfin conscience qu'il n'y a que deux verres sur la table.

— Il arrivera plus tard, il est parti aider mon père à choisir une télévision.

Je lève un sourcil intrigué, j'ai dû louper quelque chose.

— Je n'imaginais pas qu'il fallait être deux pour ça.

— Les mecs..., lâche mon amie en levant les yeux au ciel, néanmoins un drôle de sourire énigmatique flotte sur ses lèvres.

Sans plus attendre, elle nous sert du vin et pousse mon verre dans ma direction tandis qu'elle prend place près de moi.

— Je suis contente que tu aies accepté de venir, tu sais ?

Je hoche la tête en lui offrant un grand sourire. Dans le même temps, je passe intérieurement en revue toutes les excuses possibles et imaginables. Il va falloir que j'en trouve une vraiment bonne parce qu'évidemment, voilà le moment que je redoutais. Je savais que je n'y couperais pas, simplement j'avais espéré que Meg attendrait un peu avant de me demander des explications.

— Je sais que je n'ai pas été très présente ces derniers temps, mais...

— Je commençais à me demander si tu ne m'évitais pas, m'interrompt-elle avec prudence.

— Non, bien sûr que non ! Pourquoi est-ce que je ferais ce genre de choses ? dis-je d'une voix douce.

En vérité, je suis loin d'éprouver le calme que j'affiche. J'ai l'impression d'être la pire des hypocrites. Bien sûr que je l'ai évitée ! Je suis même passé maître en la matière. Ces dernières semaines, j'ai passé mon temps à mettre sur pieds toutes sortes d'esquives dans le but de ne pas passer plus de temps que nécessaire avec elle, assez pour qu'elle ne se pose pas trop de questions, peu pour ne pas révéler par inadvertance ce que je sais. Je pensais avoir trouvé le bon équilibre, mais apparemment, mon plan n'a pas fonctionné comme je l'avais escompté. Quoi qu'il en soit, oui, je suis vraiment la pire des amies.

Meg laisse échapper un soupir de soulagement et un sourire incertain vient éclairer son visage.

— Ouf ! J'ai réellement cru que tu m'en voulais de passer autant de temps avec Xander.

J'écarquille les yeux à la fois surprise et me sentant encore plus honteuse. Une nouvelle fois, je maudis Hank et Tom pour avoir osé me mettre dans cette situation. Je n'aurais pas pu rêver pire.

Je bois un peu de Sauternes pour me donner contenance et me desserrer la gorge qui, je l'avoue est complètement asséchée. Le vin sucré et fruité me réconforte et Dieu sait que j'ai besoin d'un peu de soutien – fut-il liquide. Je repose mon verre, en fais de même avec le sien et prends ses mains entre les miennes.

— Meggie chérie... Comment peux-tu croire que je t'en voudrais de passer du temps avec ton amoureux ? Vous avez mis des années avant de vous retrouver et il faudrait être aveugle pour ne pas voir à quel point vous êtes heureux ensemble !

— Oui, mais toi ? Tu n'as pas l'impression que je te laisse tomber ? demande-t-elle d'une toute petite voix.

J'ai le cœur serré, c'est plutôt moi qui la laisse tomber. Je secoue la tête avec véhémence, autant pour ne pas laisser paraître mes émotions que pour rassurer mon amie.

— Tu me connais mieux que ça, n'est-ce pas Meg ? Je ne vais pas bouder parce que tu as un petit ami et moi pas. Je t'assure que j'étais plus que débordée ces derniers temps, ma chérie. Il n'y a pas d'autre raison.

— Sûre ?

— Absolument !

Et tandis que je lui jure mes grands dieux que tout va pour le mieux dans le meilleur des mondes, j'ai envie de pleurer. Pour masquer mon désarroi, je reprends mon verre et ferme les yeux en buvant avec une délectation non feinte. À côté de moi, je sens mon amie se lever.

— Donc, si je te dis que Xander est en ce moment même en train de demander la permission à mon père de m'épouser, tu ne vas pas être jalouse et décider de ne plus jamais me voir ?

Pour le coup, j'ouvre des yeux ronds et les braque sur elle.

— Redis ça pour voir ?

— Xander demande ma main à mon père.

Je termine mon verre cul sec et me lève d'un bond.

— Tu vas te marier ? crié-je, au bord de l'hystérie.

Meg hoche la tête.

— Je vais me marier.

Le silence retombe et nous nous fixons, incapables de faire autre chose que sourire comme des imbéciles. Puis, au même moment, nous nous mettons à hurler et à sauter sur place. Je suis tellement heureuse pour elle. Pour eux. Ils sont faits pour être ensemble. Après tout ce qu'elle a traversé, Meg a le droit à son « ils vécurent heureux et eurent beaucoup d'enfants » et elle ne pouvait pas choisir meilleur mari que Xander. J'essuie mes larmes d'émotion d'un revers de la main et après avoir fait un pas vers elle, serre mon amie contre mon cœur. Elle laisse échapper un long soupir tremblant. Alertée, je fais un pas en arrière et m'aperçois qu'elle pleure.

— Qu'y a-t-il, ma puce ?

— J'aimerais tant que Tom soit là, souffle-t-elle avant d'éclater en sanglots. *Oh putain !*

Une boule obstruant ma gorge, je reste silencieuse et attire à nouveau Meggie contre moi. Une vague de colère impuissante me submerge alors que je caresse doucement les cheveux auburn de mon amie.

— Je suis sûre qu'il serait aussi heureux pour toi que je le suis, murmuré-je en maudissant intérieurement mon voisin.

— Tu crois ? me demande-t-elle en levant vers moi un regard où brille un espoir qui me tue un peu plus.

Je déglutis péniblement avant de lâcher des mots qui m'écorchent la bouche tant ils sonnent faux.

— Oui, j'en suis sûre. Il serait tellement fier de toi !

Nous restons ainsi durant de longues secondes, incapables de dire un mot. Lorsqu'enfin le calme revient, je la fais s'installer à nouveau dans le sofa et nous ressers du vin.

— Je crois qu'un toast s'impose, murmuré-je en lui tendant son verre.

Elle m'offre un sourire lumineux, mon cœur se regonfle de joie en la voyant si heureuse.

— Alors, à toi et...attends, attends ! Je suis ta demoiselle d'honneur, on est bien d'accord ?

Je plisse les yeux exagérément dans l'attente d'une réponse que je connais déjà. Ma meilleure amie lève les siens au ciel, l'air faussement outrée.

— Jayla Waters ! Pour qui me prends-tu ? Comme si je pouvais penser à quelqu'un d'autre !

D'humeur joueuse, je fronce les sourcils et minaude :

— Tu es sûre ? Pas même cette chère Lindsay ?

Meg détourne le regard et pince les lèvres, feignant être en intense réflexion. Puis elle reporte son attention sur moi.

— Nan. Même pas en rêve.

— Alors à ton futur mariage, ma chérie ! m'exclamé-je. Que celui-ci soit placé sous le signe du bonheur le plus parfait.

Elle trempe les lèvres dans son verre puis le repose sur la table, l'air soudain très sérieuse.

— Tu sais, Jay... Tout ceci, c'est un peu grâce à toi.

Je fais mine de protester, mais elle m'en empêche d'un geste de la main.

— Si, je t'assure. Si tu ne m'avais pas aidée à ouvrir les yeux sur mes sentiments envers Xander, je pense que nous n'en serions pas là aujourd'hui. J'espère un jour pouvoir te rendre la pareille.

À la fois émue et gênée par ses mots, je ne peux m'empêcher de penser qu'elle ne tiendrait peut-être pas le même discours si elle savait ce que je lui cache. Mais ce n'est pas le moment d'avoir ce genre de préoccupation, au contraire, il est temps de se réjouir ensemble du bonheur à venir. Aussi, c'est le plus sérieusement du monde que je lui rétorque :

— En parlant de remerciements, je prends les chèques, les dollars, l'argent sterling et... j'exige une option sur ton premier-né.

Meg éclate de rire, et aussitôt, j'oublie tout ce qui ne les concerne pas, Xander et elle.

Un peu plus tard, lorsque je rentre chez moi, je repense à cette folle et heureuse soirée. L'été prochain, ma meilleure amie épousera son ami d'enfance. Immédiatement, mon esprit dérive vers l'appartement d'à côté et je suis assaillie par la tristesse. Comment une seule personne peut-elle être responsable d'autant de chagrin ? Se rend-il seulement compte de ce qu'il inflige à sa sœur ? En agissant comme il le fait, Tom se prive de tout. Ce soir, il a manqué quelque chose d'important, il n'a pas vu les yeux de sa sœur briller de mille feux lorsqu'elle m'a annoncé son prochain mariage. Il ne sait pas comme elle est heureuse auprès de Xander. J'ai du mal à comprendre comment une personne peut se couper de toute source de joie. Comment elle peut tourner le dos à la vie.

Peut-être qu'un jour, il aura enfin le courage d'aller vers sa famille. Encore faudrait-il qu'il ait réussi à combattre ses démons et à faire la paix avec lui-même. Cependant, j'espère pour lui qu'il ne sera pas trop tard et que son obstination à vouloir vivre en reclus n'aura pas creusé un fossé qu'il sera alors impossible de combler. Sincèrement, je l'espère... parce que je crois que tout le monde mérite une seconde chance.

Chapitre 20

Tom

Je suis fatigué. J'ai froid, je transpire, frissonne à nouveau. Une ombre passe dans mon champ de vision. J'essaie de faire le point, mais ma vue vacille. La silhouette se rapproche de moi, s'accroupit jusqu'à se retrouver à ma hauteur. Bec de lièvre. Nez aquilin, petits yeux noirs et brillants, enfoncés dans leurs orbites. Face-de-Rat. Plusieurs jours qu'il s'amuse à me casser la gueule avec ses potes. Une éternité.

Ça va s'arrêter quand, exactement ? À ce stade, il n'y a que la mort qui pourrait m'apporter un peu de répit.

J'inspire profondément, rien que ça me paraît un effort surhumain.

Face-de-Rat prononce quelques mots que j'identifie comme « Il est réveillé ».

Non, je ne suis pas réveillé... Laissez-moi en paix...

Il m'assène quelques claques puis bascule sans douceur ma tête en arrière. Pince mon visage. Je grogne. Tente de détourner le regard, mais Il resserre l'étau de ses doigts.

— Où sont les autres ? hurle-t-il.

Je serre les dents.

Cours toujours connard, je ne dirai rien.

Un coup, dans l'estomac et je recrache un flot de bile.

— Où est ton camp de base, chien ? Donne-nous votre position et je te promets que tu ne souffriras pas.

C'est ça, oui…

Perdu pour perdu, j'éclate de rire entre deux quintes de toux. Tout mon corps est endolori et me lance à chaque mouvement, mais je ne peux pas m'empêcher de me marrer.

De nouveaux coups pleuvent, plus violents les uns que les autres. Face-de-Rat manque cruellement d'humour.

— Alors, étranger ? Décidé à parler ?

— O…ouais, ouais, temps… mort, gémis-je.

— Où se trouve ton camp de base ?

— À droite, après le tas de sable… parce qu'à gauche, y' a des travaux.

Puis l'odeur de l'essence, le frottement de la pierre du zippo

Non-non-non-non…

Le feu auquel je ne peux pas échapper

Chaleur intense, grésillement des chairs en train de brûler…

Je… prends… feu…

À L'AIDE !

Chapitre 21

Jayla

Qu'est-ce que... ?

J'ouvre les yeux, le cœur battant la chamade. Quelque chose m'a réveillée. Je retiens ma respiration, tous mes sens à l'affût. Et c'est là que je l'entends. Un hurlement. Le plus terrible que j'aie entendu de toute mon existence.

« Aidez-moi ! Ça brûle... Enlevez ça ! Éteignez-moi ! »

Assise dans mon lit, je mets un moment à comprendre ce qui se passe. Tom est piégé dans un cauchemar. J'ai entendu parler des manifestations de TSPT, elles sont imprévisibles et violentes. Les victimes sont dans un état proche de la folie tant leurs hallucinations leur semblent réelles.

De nouveau, il laisse échapper un cri strident. Mon cœur fait un nouveau saut dans ma poitrine.

Mon Dieu.

Les mains pressées sur mes oreilles, je tente d'ignorer mon voisin, mais c'est comme si le mur qui sépare nos appartements n'existait pas.

« Ça brûle, mon Dieu ! Aidez-moi ! Que quelqu'un

m'aide ! »

Ses hurlements résonnent dans tout mon corps. À travers mes os. Mes entrailles.

Je me tourne et me mets à genoux, me rapproche de la cloison et y frappe quelques coups dans l'espoir de le faire sortir de sa transe.

— Tom ? Tom... ça va ? demandé-je d'une voix assez forte pour qu'elle puisse passer la barrière de placoplâtre.

Immédiatement, je me mords la langue, affligée par mes mots.

Bien sûr que ça ne va pas. Comment quelqu'un qui hurle ainsi pourrait aller bien ?

— Tom, tout va bien ! OK ? Réveille-toi… S'il te plaît, réveille-toi ! C'est juste un mauvais rêve !

Je ferme les yeux, tremblante, priant pour qu'il m'entende.

Si c'était si facile…

De l'autre côté du mur, les hurlements s'atténuent. Je lâche un soupir, toutefois je reste suspendue au silence. Soudain, un bruit sourd me fait sursauter. Le poids d'un corps qui tombe lourdement au sol. Inquiète, je passe mentalement en revue les options qui s'offrent à moi lorsque les cris reprennent de plus belle avant de se changer en sanglots déchirants.

— OK. OK. Jayla. Qu'est-ce que tu peux faire ? me murmuré-je fébrilement.

Quelque chose se brise dans l'appartement de Tom, me

faisant bondir de mon lit.

Réfléchis, réfléchis, réfléchis...

Alors j'attrape mon téléphone, compose le numéro de la seule personne à même de me donner les moyens de venir en aide à Tom, et sans chercher à me changer, me précipite sur le palier.

— Tu es sûre de vouloir faire ça ? me demande Hank pour la quatrième fois au moins.

Il a mis quinze minutes pour arriver et m'ouvrir l'appartement de Tom avec un double des clés. Quinze minutes pendant lesquelles, j'ai assisté impuissante au délire de mon voisin, essayant tant bien que mal de lui faire entendre des paroles rassurantes derrière la porte. Bien entendu, avec tout ce raffut, les curieux se sont amassés dans le couloir. Certains ont même demandé s'ils devaient appeler les secours. Leur faire comprendre que j'avais la situation en main n'a pas été une mince affaire, d'autant que ma tenue et mon air hagard avaient de quoi laisser penser le contraire.

Je reporte mon attention sur mon propriétaire et aussitôt, toute ma rancœur envers lui s'efface. Il a l'air sincèrement inquiet et j'imagine qu'il se sent responsable de Tom, mais ce n'est pas comme cela que les choses s'arrangeront. Pour le moment, il faut agir, pas rester plantés sur le palier et se lamenter. Tom a besoin d'aide.

Je lâche un soupir, soudainement triste.

— Il est sacrément abîmé, hein ?

— Oui…, me répond mon boss. Je pensais qu'il allait mieux, mais…

Hank coule un regard vers la porte entrouverte d'où sortent des gémissements étouffés et passe une main nerveuse sur son visage. Soudain, il a l'air plus vieux que son âge. Il secoue la tête et ses épaules s'affaissent lorsqu'il revient sur moi.

— Je n'aurais jamais dû t'embarquer là-dedans, Jayla, souffle-t-il visiblement pris de remords.

Je pince les lèvres, vaguement agacée, mais surtout épuisée.

— C'est un fait, mais on ne peut pas revenir dessus.

J'avance d'un pas, pose une main sur la poignée, mais avant d'entrer, je me tourne une dernière fois vers lui.

— Merci d'être venu si vite.

Il hoche la tête d'un air grave.

— Bonne chance là-dedans.

Je ne prends même pas la peine de répondre et pénètre dans l'appartement.

Cette fois, il semblerait que ce soit au tour de la princesse d'aller sauver le dragon.

Chapitre 22

Jayla

L'appartement est plongé dans le noir, mais comme le mien est en parfaite symétrie avec celui-ci, je n'éprouve aucun mal à me repérer. Guidée par les murmures saccadés de Tom, je file droit vers la pièce à vivre. Grâce à un rai de lune, mes yeux ont vite fait de s'adapter à l'obscurité et il me faut une seconde pour apercevoir Tom. Dans un coin, près d'une des grandes fenêtres qui donnent sur la rue, il est recroquevillé sur lui-même. Je hâte le pas et m'accroupis face lui.

Il est tellement terrifié par son cauchemar qu'il claque des dents et tout son corps semble secoué de spasmes nerveux. Un murmure confus s'échappe de ses lèvres par intermittence, si bas qu'il me faut tendre l'oreille pour comprendre ses mots.

— Le feu-le feu-le feu..., psalmodie-t-il sans relâche.

Je frissonne, bouleversée par la profonde détresse qui se dégage de lui, mais tente malgré tout de rester calme.

— J'ai besoin de voir si tu t'es blessé, Tom. Je vais allumer la lampe de mon téléphone, OK ? le préviens-je d'une voix douce, presque un chuchotement.

Je m'exécute d'une main tremblante et aussitôt, une lumière

bleutée jaillit, nous éclairant. Je retiens une exclamation en constatant qu'il est nu et mon cœur accélère sensiblement son rythme. D'abord gênée, je reprends contenance. Ce n'est pas en détournant les yeux et en rougissant comme une collégienne que je vais lui être d'un quelconque secours. Il faut d'abord le faire sortir de son délire, il sera toujours temps de s'occuper de sa nudité plus tard. J'avance une main prudente vers lui et effleure sa joue. Il sursaute comme si je l'avais brûlé et braque ses yeux dans le mien. Je recule mes doigts face à ce regard hanté, dont les pupilles mangent la presque totalité de ses iris bleus. J'ai peine à regarder son visage ravagé, d'ordinaire si différent. Si beau. Si fort. *Mon Dieu... cet homme n'est plus que l'ombre de lui-même.* Mes poils se hérissent tandis qu'il me scrute sans me reconnaître et je désespère de trouver un moyen de lui faire reprendre pied.

— Le feu-le feu-le feu..., chevrote-t-il.

Mon cœur marque un arrêt.

Sur une impulsion, je m'approche à nouveau de lui, me laisse glisser au sol et, ouvrant mes bras, l'attire contre moi pour l'étreindre. Il se fige en ressentant le contact de mon corps. Muscles solides comme la pierre contre pyjama en pilou-pilou.

Mon cœur vacille.

Dans un silence assourdissant, le souffle de Tom se fait plus saccadé tandis que j'oublie comment respirer.

— Shhh..., chuchoté-je en caressant son dos avec douceur dans un geste rassurant. Il n'y a pas de feu... C'est dans ta tête.

Au son de ma voix, je sens ses muscles se délier puis son corps s'affaisser et, dans un gémissement douloureux, il se laisse glisser jusqu'à se retrouver l'oreille collée contre mon cœur, ma main se resserrant autour de sa nuque, mon front touchant presque le haut de son crâne. Soudain, la main de Tom entoure ma taille et me ceint si fort que je sais que j'en porterai des marques d'ici demain. Puis, il se met à frissonner si violemment que je crains un instant qu'il ne soit en train de convulser. Je l'effleure et me fige, sa peau est moite et glacée, sa respiration filante.

— Non, non, non, Tom Connoly. Tu vas pas me claquer entre les pattes !

Luttant contre la peur qu'il lui arrive quelque chose, je le détache de moi avec mille précautions et le repousse afin de pouvoir me relever. Alors, je me baisse et passe un de ses bras autour de mes épaules et le hisse dans un grognement d'effort. Ensuite, je fais quelques pas et trébuche, handicapée par la taille et le poids de mon fardeau. Je coule un regard vers Tom qui lève la tête, hébété.

— Où… Où est-ce qu'on… v…va ? croasse-t-il d'une voix rauque entre deux claquements de dents.

— On va te faire prendre une douche, tu es glacé, le rassuré-je d'une voix douce, mais ferme.

La salle de bains est au même endroit que la mienne, aussi je peux garder mes automatismes. Je pousse Tom dans la salle d'eau et le cale contre le mur, dans le même temps, j'appuie sur l'interrupteur du couloir pour ne pas agresser ses yeux avec la lumière crue du plafonnier. J'entre à mon tour et colle d'autorité mon voisin dans la cabine de douche et attends. Un simple regard sur son visage me fait comprendre qu'il ne sait absolument pas ce qui est en train de se passer, aussi, je ne réfléchis pas, actionne le robinet pour faire couler l'eau et le rejoins, toute habillée. Je serai trempée jusqu'aux os, mais Tom a besoin avant tout de moi.

L'eau prend rapidement une température acceptable et je dirige le jet sur lui sans prononcer un mot. Peu à peu, les couleurs reviennent sur son visage et ses yeux semblent reprendre un éclat plus vif, plus conscient. Nous restons ainsi, l'un en face de l'autre, les yeux dans les yeux, muets. Cela dure une éternité et au bout du compte, l'eau finit par devenir tiède.

— Tu es... sous la douche... tout habillée, me fait-il soudain remarquer.

Je hausse les épaules pour masquer mon soulagement.

— Et toi, complètement à poil.

Immédiatement après avoir prononcé cela, je prends conscience de l'incongruité de la scène, l'instant d'après, que Tom semble aller mieux, la seconde suivante qu'effectivement, il est... nu.

Je sens mon visage s'embraser aussitôt et m'exhorte silencieusement à laisser mes yeux braqués dans les siens sous peine de lorgner sur son... sa ... ses...

Je n'ai pas le temps de m'appesantir sur son service trois-pièces, indéniablement présent entre nous, car Tom recommence à claquer des dents. Il m'adresse un faible sourire et je me concentre à nouveau sur lui.

D'un geste rapide, je tourne le robinet et l'aide à sortir de la douche puis j'attrape une serviette que je lui attache atour de la taille. Il me lance un regard de gratitude auquel je réponds par un rictus crispé.

— Je vais t'aider à te coucher, lui dis-je sur un ton un rien guindé avant de lui prendre la main.

Mais au moment de sortir de la salle de bains, je me fige.

— Qu'y a-t-il ? me demande-t-il en me voyant hésiter.

— Je suis trempée, je vais mettre de l'eau partout, grommelé-je.

— Il y a des serviettes sur les étagères situées sous l'évier. Je te jure que je ne regarderai pas, rajoute-t-il alors que ma main se crispe involontairement dans la sienne.

Je retire ma main et ôte prestement mon pyjama en pilou-pilou rose à licornes. Puis décidant de garder tout de même mes sous-vêtements, je m'enroule dans une serviette.

— C'est bon, murmuré-je après avoir laissé échapper un soupir teinté d'appréhension.

Tom attrape alors mes doigts entre les siens et nous emmène dans sa chambre. Je le suis sans protester, me demandant cependant ce que je suis en train de faire alors que j'en franchis le seuil. Sans allumer, il me lâche et s'allonge sur son lit, sans prendre le temps de se débarrasser de sa serviette.

Je reste plantée, sans savoir que faire. Ma place n'est pas ici, à ses côtés, c'est une certitude. Pourtant, alors que je l'observe, quelque chose me pousse à attendre alors que j'ai toutes les raisons de tourner les talons et rentrer chez moi.

Percevant mon hésitation, Tom tend une main vers moi que je me surprends à accepter.

— Reste, s'il te plaît, me souffle-t-il d'une voix épuisée.

Je déglutis avec difficulté.

— S'il te plaît...

Au moment où je lève les yeux au ciel, je sais que j'ai perdu la bataille.

— Pousse-toi et évite de ronfler, grommelé-je.

Je l'entends sourire alors qu'il se déplace pour me laisser de la place. Je m'étends à mon tour, me recouvre des draps et... hume l'odeur épicée qui s'en dégage. *Merde...*

— Merci, Jayla, chuchote Tom avec une gratitude évidente.

— De rien.

Puis au bout de quelques secondes, je rajoute :

— Pas de truc de pelotage, je te préviens.

Chapitre 23
Tom

Un rai de lumière me chatouille le nez et j'ouvre les yeux, un peu hébété. Me redressant dans mon lit, je regarde en direction de la fenêtre et lève les sourcils en m'apercevant qu'il fait jour, puis tourne la tête vers le réveil posé sur la table de chevet. 10 h 13. Réellement surpris, je reste assis quelques secondes, me grattant la tête machinalement. J'ai dormi. D'une traite. Sans cauchemar. Waouh. Je n'ai pas le temps de m'appesantir sur ce succès pour le moins inhabituel que déjà, les souvenirs de la nuit passée refont surface et je cherche Jayla, mais le lit est vide. Inexplicablement dépité, je soupire et décide de me lever. J'enfile rapidement un boxer et un pantalon puis sors d'un pas pressé de ma chambre, espérant follement que ma voisine soit dans le salon. Mais la pièce à vivre est, elle aussi, déserte. Mes épaules s'affaissent tandis que je prends conscience que je suis à nouveau seul.

Debout, frottant machinalement l'arrière de ma tête, je n'arrive pas à croire que j'aie baissé ma garde. Je ne comprends pas comment cela a pu arriver. Habituellement, je m'allonge et compte les heures jusqu'à sombrer dans un sommeil sans rêves et me réveille au moindre bruit. Ça, c'est quand j'ai de la chance, car régulièrement, je dois faire avec mes cauchemars. Si jusqu'à ces derniers temps, les mauvais rêves étaient fréquents, ils n'avaient pas été si nombreux ni si intenses et réels depuis des lustres. J'ai du mal à croire que j'aie pu pioncer plus de trois heures de suite ! Cela faisait des mois que je n'avais pas autant dormi – depuis plus d'un an, en réalité.

Pile au moment où je suis en train de me dire qu'il faudrait que je trouve une excuse pour aller frapper chez Jayla et lui parler, au moins pour la remercier pour ce qu'elle a fait pour moi, un bruit léger me fait me retourner. La porte de la salle de bains s'ouvre et Jayla apparaît. Me découvrant en plein milieu du salon, elle se fige imperceptiblement avant de détourner vivement les yeux. Malgré sa peau mate, je jurerais l'avoir vue rougir et il me faut un instant pour en comprendre la raison. Je dissimule mon amusement, conscient que ce ne serait pas très galant de ma part de lui montrer que je sais très bien qu'elle est troublée – même si, je l'avoue, mon ego s'en trouve flatté.

— Hey, murmuré-je au bout de longues secondes sans qu'aucun de nous n'ait prononcé un mot.

— Hey, répète-t-elle en fixant un point invisible au sol.

— Bien dormi ?

Bravo Tom, jolie entrée en matière !

La voir chez moi me semble irréel. D'autant plus qu'elle porte un de mes t-shirts et ça, ça me trouble bien plus que je l'aimerais. D'accord, une fille qui porte un de mes vêtements n'a rien d'exceptionnel – même si ce genre de chose ne s'est produit que très rarement –, mais elle… Je dois dire que l'effet est tout autre. Aussi surprenant que cela puisse paraître, j'ai envie de lui dire que ce haut lui va bien mieux qu'à moi et que si elle veut, je peux lui offrir tous les autres juste pour avoir le plaisir de la voir habillée ainsi, mais je garde cette remarque pour moi. Je fais de mon mieux pour rester impassible, histoire de ne pas la braquer. Cependant, alors qu'elle s'approche, mon regard glisse sur ma voisine, et j'apprécie la vue, le doux renflement de l'étoffe au niveau de sa poitrine, l'ourlet du vêtement au-dessous duquel s'échappent deux jolies jambes fuselées.

Depuis quand mes t-shirts sont aussi sexy ?

Jayla toussote, relève la tête et, après un instant de flottement durant lequel ses yeux couleur whisky s'attardent sur mon torse, elle m'offre un petit sourire timide et pendant une seconde, j'oublie de respirer.

— Je me suis permis de t'emprunter ça, m'informe-t-elle en tirant légèrement sur le col de mon t-shirt. Mon pyjama était encore mouillé et...

— Tu as bien fait, l'interromps-je, la voix rauque.

Je croise les bras avant de les décroiser, ne sachant pas vraiment quelle attitude adopter.

— Donc..., commencé-je en cherchant désespérément mes mots.

— Tu aurais du café ? demande-t-elle au même instant, m'offrant inconsciemment une occasion de diversion parfaite : m'occuper l'esprit plutôt que me comporter comme un parfait idiot impoli – ou la dévorer du regard en bavant ouvertement.

Je vais donc dans la cuisine où je prépare un café, puis

alors qu'elle prend place autour de l'îlot central, je décide de carrément nous confectionner un petit-déjeuner. En cinq minutes, le bacon et les toasts sont grillés, les œufs brouillés à point et, après avoir rempli deux assiettes, les dépose devant nous ainsi que deux tasses fumantes. Nous prenons quelques bouchées en silence, puis je pose ma fourchette dans mon assiette.

— Je voulais te remercier pour cette nuit. C'était...

Je cherche mes mots. Que pourrais-je lui dire ? C'était vraiment sympa de ta part ? C'était cool ? Courageux ? Rien de tout cela ne me semble à la hauteur de ce qu'elle a fait pour moi.

— C'était trois fois rien, Tom...

— Tu rigoles, j'espère ? Je ne connais personne qui aurait eu ce genre d'attitude.

Elle secoue la tête, les sourcils légèrement froncés.

— Parce que tu crois que Meggie t'aurait laissé dans un cas comme celui-là ? Je suis sûre que non, mais en attendant, moi, j'ai fait ce que je devais faire, Tom. Rien de plus.

Face à sa réaction, je ne peux que hocher la tête tout en voyant ma jolie voisine sous un regard nouveau : bien qu'elle s'en défende, son geste prouve à lui seul à quel point elle est généreuse et altruiste, alors que je ne suis pas sûr de le mériter. Et l'entendre refuser mes remerciements me bouleverse autant qu'ils me font réfléchir.

— On... pourrait peut-être se revoir ? je lâche presque sans m'en apercevoir.

Elle braque un regard stupéfait sur moi.

— Quoi ?

— Se revoir, sortir, passer du temps ensemble, ce genre de trucs.

— Non.

Elle a dit non. Et pour une raison que je ne m'explique pas, sa réponse ne me convient pas du tout.

— Réfléchis-y. Je suis persuadé que tu pourrais trouver l'expérience plutôt bonne, si tu essayais.

Elle plisse les yeux et pince les lèvres, l'air franchement sceptique.

— Écoute, Tom : je suis sûre que tu es quelqu'un de gentil, tu es mignon...

— Mignon ? Tu me trouves mignon ?

Elle lève les yeux au ciel et hausse les épaules d'un air agacé.

— Plutôt beau gosse, ça te convient ? grommelle-t-elle et aussitôt, je comprends que ma demande la déstabilise.

Je pose mes coudes sur la table et appuie mon menton sur mes poings, soudainement très curieux. D'un sourire, je l'encourage à poursuivre.

— Je n'ai pas le temps pour ce genre de choses, Tom. Je dois me concentrer sur mes études, je suis en dernière année de master et je ne peux pas me permettre d'être distraite. Et puis, pour être honnête, tu es un sacré bordel à toi tout seul.

J'occulte la fin de sa phrase pour ne garder que l'information principale : je la distrais. *Intéressant.* Pour le reste, je ne peux qu'être d'accord avec elle, même si cela ne me plaît pas.

— On pourrait être amis, rétorqué-je d'une voix assurée.

— Pourquoi ? Je veux dire... ouais, pourquoi ?

— Parce que c'est un truc qui me plairait bien. Tu es gentille, plutôt drôle...

Elle m'offre une moue dubitative.

— Plutôt drôle pour une fille, ne puis-je m'empêcher de rajouter.

Là, je m'enfonce un peu plus.

Elle se penche par-dessus l'îlot central et me décoche un coup sur l'épaule, assorti d'un regard noir. Sans prévenir, j'attrape sa main et la garde dans la mienne, dissimulant mon sourire derrière ma tasse. Visiblement surprise, Jayla laisse échapper un rire nerveux puis ses yeux couleur whisky s'accrochent aux miens et son sourire meurt sur ses lèvres. Tout à coup, je n'ai que trop conscience de notre proximité, de mon cœur qui bat furieusement à mes tempes et de ses doigts toujours entrelacés aux miens. Cette fille me perturbe bien plus que je l'aurais cru. Pour me donner une contenance, je bois une gorgée de café, gagnant du temps afin de trouver l'argument qui lui fera changer d'avis. Et enfin, je suis touché par la grâce.

— Parce que tu fais les meilleurs muffins que j'aie mangés depuis longtemps et aussi parce que tu es sévèrement burnée, comme nana. J'aimerais vraiment qu'on soit amis.

Je l'ai à peine prononcé que je m'aperçois que je le pense sincèrement : je *veux* qu'on soit amis.

Elle tressaille et me fixe avec étonnement. Pendant deux secondes, rien d'autre n'existe que ses prunelles couleur whisky dans les miennes et j'en oublierais presque que j'attends une réponse de sa part. Malheureusement, à la façon dont elle mordille sa lèvre inférieure, je comprends que je la prends de court. Aussitôt pris de remords, je laisse retomber sa main sur la table et reculer dans mon siège. Je sors de sa zone de sécurité, prêt à abandonner la partie.

Elle lâche un soupir navré.

— Écoute Tom, c'est...

Étonnamment blessé par son hésitation, j'évite délibérément de la regarder en face, je lève une main pour l'interrompre :

— Laisse tomber, dis-je sur un ton plus brusque je l'aurais souhaité.

— Non, attends. Laisse-moi t'expliquer, insiste-t-elle calmement.

Je ne suis pas certain de vouloir entendre ce qu'elle a à me dire. Il est clair qu'elle ne veut rien avoir à faire avec moi, c'est même plus que limpide, alors pourquoi attendre assis en face d'elle qu'elle tourne un peu plus le couteau dans la plaie. Je ne suis pas maso. C'est alors qu'elle pose sa main sur la mienne. Un frémissement me parcourt de part en part alors que je baisse les yeux sur la surface de l'îlot central où ses doigts touchent les miens avec un je ne sais quoi d'hésitant et de léger comme une plume. Je cligne des yeux, un rien dérouté par le contact, j'ai conscience de la fraîcheur de sa peau sur la mienne et à quel point c'est agréable.

Puis en une fraction de seconde, le charme est rompu. Face à moi, Jayla laisse discrètement échapper un soupir et se décide à parler.

— Tu m'as mise dans une situation difficile, Tom, en me demandant de cacher à ta sœur que tu vis à quelques kilomètres de chez elle. Elle est ma meilleure amie et lui mentir m'est insupportable. D'un autre côté, je me rends compte qu'il y existe des raisons pour lesquelles tu as décidé de rester dans ton coin. Hier soir en a été la preuve flagrante. Tu as besoin de temps avant de pouvoir affronter le monde... et de quelqu'un qui t'aide à te sortir de ça.

Je ne peux qu'être d'accord avec elle puisque c'est l'entière vérité et je lui offre un sourire résigné.

— Je sais. Je suis un vrai désastre et c'est peu de le dire.

Le visage soudain plus grave, elle tourne la tête vers la fenêtre, et se perd quelques instants dans la contemplation d'un point visible d'elle seule ; aussi, je lui accorde le répit dont elle semble avoir besoin. Simplement, être assis face à elle est loin de rendre les choses aisées, bien au contraire : je ne peux m'empêcher de laisser glisser mon regard sur elle et je me demande si elle le ressent. Mes pulsations s'affolent et je dois faire appel à toute ma volonté pour rester impassible, seule condition pour ne pas aggraver un peu plus la situation.

— Je ne sais pas si je suis capable de gérer un problème de plus, lâche-t-elle au bout d'une éternité.

Je n'ajoute rien. Mais je dois avouer qu'une part de moi – celle qui voudrait qu'on soit amis – est profondément dépitée.

Sa main s'éloigne de la mienne pour saisir son mug. Elle le porte à ses lèvres, tout en me scrutant comme si elle essayait de lire à l'intérieur de moi. Je m'agite sur mon siège, soudainement déstabilisé du fait d'être passé à la loupe. Après un moment, je la vois hésiter à me parler puis en trois mots, elle m'ouvre le cœur en deux :

— Elle te manque ?

Immédiatement, je sais qu'elle me parle de ma jumelle et une vague de tristesse indicible me submerge. Ma voix est à peine un murmure lorsque je lui réponds :

— Oui, tout le temps.

Les mots flottent entre nous une fraction de seconde durant laquelle Jayla semble les peser et se les approprier, leur donner un sens. Puis sans prévenir, elle se lève avec raideur et file dans la salle de bains. L'instant d'après, elle sort de chez moi et claque la porte, son pyjama rose à la main.

Chapitre 24

Jayla

La gorge nouée, je me bats contre un flot d'émotions trop dur à gérer, j'ai du mal à reprendre pied alors que je suis dans le couloir. Il fallait que je sorte de chez Tom, que je mette de la distance entre nous avant d'être contaminée par sa tristesse. Immense. Insupportable. Si douloureuse qu'elle en était palpable, étouffante. Je ne pouvais plus supporter son regard. Souffrance. Détresse. Remords. Le package complet du désespoir livré dans un beau paquet cadeau.

J'ai préféré fuir avant d'exploser et laisser les mots dépasser ma pensée. En vérité, je suis en colère. En colère parce que Tom et Meg souffrent autant l'un que l'autre. En colère, parce que toute cette souffrance inutile aurait pu être évitée. En colère, parce que je suis prise malgré moi entre deux feux. D'un côté, il y a ma loyauté envers ma meilleure amie, de l'autre il y a Tom et ses démons, son TSPT, les lambeaux de sa vie qui font qu'il n'est pas en mesure de revenir auprès des siens… Adossée contre la porte, je tente d'apaiser ma respiration et surtout de ne pas pleurer. Une fois rassérénée, je me redresse et franchis les quelques pas qui me séparent de mon propre appartement – mon havre de paix. C'est alors que je prends enfin conscience de ma tenue. Je lève les yeux au ciel, blasée. Il ne manquerait plus que quelqu'un me voit ou pire : que Meg ait la bonne idée de passer me voir à l'improviste... Je serais bien ennuyée d'expliquer pour quelle raison je sors de chez mon voisin et rentre chez moi à moitié nue, tenant mon pyjama rose à licorne dans une main à la mi-journée. Si jusque-là, je n'avais pas expérimenté le *walk of shame*, je suis servie. Alors, je me drape dans ce qui me reste de dignité et, rouge de honte, ouvre la porte que je n'avais pas verrouillée et retrouve mes pénates non sans soulagement.

Je passe le reste la journée du samedi cloîtrée à la maison, complètement vidée. Comme je sens la grosse déprime arriver, j'utilise les grands moyens : film d'action, torses musclés, gueules de mauvais garçons et glace aux Oréo. En fin de journée, j'ai fini le pot, en ai entamé un autre, maté deux films avec Chris Hemsworth, un autre avec Charlie Hunnam et je me sens vaguement coupable de m'être laissée aller et avoir frôlé l'overdose de sucre. Mais on ne se refait pas, comme tout le monde, j'affronte les tempêtes à ma manière : lorsque je suis face à une situation de crise, je trouve du soutien là où je le peux. Dans dix jours, de toute manière, les vilaines calories ne seront qu'un mauvais souvenir.

Un peu plus tard, j'appelle Hank pour le rassurer sur l'état de mon voisin et le mien par la même occasion. Puis, après un nouvel en-cas explosant mes records en matière d'intoxication au glucose et un bain brûlant et parfumé, je file dans ma chambre. À peine suis-je arrivée sur le seuil que j'hésite à y entrer. Et si Tom faisait un autre cauchemar ? Je ne suis pas sûre de pouvoir gérer une autre nuit comme celle que je viens de passer. Je décide donc de prendre ma couette et mes oreillers et migrer sur le canapé. Ce soir, je n'y suis pour personne, je me recentre sur mes priorités et je laisse mon voisin canon aux prises avec ses problèmes existentiels.

Satisfaite, je m'installe, prends un bon livre et finis par sombrer dans un sommeil agité dans lequel je suis une bouteille à la mer, ballottée au gré des vagues.

Je me réveille au petit matin, convaincue que comme la météo que j'aperçois à travers de la fenêtre du salon, ma journée va être merdique. Mal dormir ne me réussit pas, me met de mauvais poil et pour qui me connaît, il ne vaut mieux pas me titiller dans ces moments-là. Lorsque je vivais encore chez eux, mes parents évitaient de me croiser lorsque je me levais la tête en vrac. Cela ne m'arrive pas souvent, mais lorsque c'est le cas, mon double maléfique prend les commandes et gare à celui qui me parle tant que je n'ai pas au moins bu une tasse de café et décidé d'activer mes aptitudes sociales.

Je me lève du canapé dans un soupir agacé et après un tour dans la salle de bains, me jette sur la cafetière. Une fois ma boisson prête, les yeux dans le vague, je prends mon mug, le porte à mes lèvres et recrache mon café en jurant, la bouche brûlée au centième degré au moins. Je repose ma tasse d'un geste sec, m'aspergeant au passage le devant de mon pyjama. Le sol n'échappe pas non plus à mon mouvement d'humeur, aussi j'attrape d'un geste énervé une serviette pour éponger le tout. Maintenant, je suis bonne pour faire le ménage et une lessive, chose que je n'avais absolument pas prévue aujourd'hui. *Mais puisque le destin s'en mêle...*

Je passe donc les heures suivantes à m'activer dans mon appartement, rangeant, retournant, époussetant, aspirant, lavant tout ce qui tombe sous mon regard. L'activité, bien que je sois loin de l'apprécier, a le don de me vider l'esprit de tout problème ou idée parasite. Adieu donc, le voisin torturé. Exit, le mensonge par omission à ma meilleure amie. Oubliée, ma condition de cache-tampon forcé. Tout ce qui importe, là tout de suite, c'est de traquer le moindre grain de poussière et rendre mon appartement aussi rutilant qu'une pièce de vingt-cinq cents fraîchement frappée. J'arrête de m'agiter vers midi, lorsque mon estomac, outré d'avoir été mis de côté, me crie qu'il est temps de prendre soin de lui – ce que je fais sans tarder grâce aux plats que m'a préparés ma maman chérie et que j'ai remisés au congélateur.

Au moment où je pose mon assiette dans l'évier, un bip sonore m'avertit que le linge mis à sécher est prêt. Sans attendre, je le sors et m'empresse de le plier, m'assurant ainsi des fringues sans plis et envoyant aux calendes grecques la prochaine fois où je me servirai d'un fer à repasser. C'est alors que mon regard se pose sur le t-shirt de Tom, celui-là même dans lequel j'ai dormi chez lui et que j'ai oublié de rendre.

Je peste contre mon étourderie. À cause de cela, je suis forcée d'aller rendre une visite à mon voisin et j'avoue que ce n'était pas vraiment dans mes plans même si ce ne sera qu'une visite éclair.

Tu aurais préféré traverser le couloir à poil, peut-être ? Je ne peux que me ranger à cet avis. J'étais bien contente d'avoir des vêtements sur moi hier matin, lorsque je suis rentrée chez moi. Je n'ai donc pas à me montrer si injuste. Et puis, je ne suis pas obligée de parler à Tom : il me suffit de déposer son t-shirt sur son paillasson. Et comme je ne suis pas une sauvage, je prendrai même le soin de le plier et de le glisser dans un sac.

Oui, c'est une bonne idée, je vais faire comme ça.

Je me douche rapidement, puis après avoir passé des fringues confortables, me prépare à filer discrètement jusqu'à la porte d'à côté. Mais au moment où je pose la main sur la poignée, on frappe des coups discrets à l'entrée. Sans réfléchir, j'ouvre et me retrouve face à... mon voisin.

Chapitre 25 — Tom

Un de mes principaux traits de caractère est la ténacité. Je ne suis pas homme à renoncer lorsque l'on m'oppose un refus et malgré celui de Jayla, je me suis mis en tête de lui faire changer d'avis. Cette fille est une véritable énigme pour moi, un challenge. Je ne sais pas si c'est le destin qui l'a mise sur ma route, ou si Hank en est le seul responsable, toujours est-il qu'il est hors de question qu'elle sorte de ma vie.

L'autre soir, lorsqu'elle est venue à mon secours, il s'est passé quelque chose d'étrange : j'ai enfin dormi toute une nuit sans être réveillé par mes cauchemars. Je ne sais pas si je tire des conclusions hâtives, si elle en est vraiment responsable, mais j'ai le sentiment que Jayla est pour beaucoup dans ce sentiment de paix que j'ai ressenti. Depuis qu'elle s'est réfugiée chez elle hier, j'ai pensé à ça, tourné et retourné le problème dans tous les sens sans trouver de réponse. Tout ce que je sais, c'est qu'à travers mon délire, ma voisine était là pour me tendre la main et me ramener à la maison, en sécurité. Et même si je sais qu'être en ma compagnie lui pose un problème, qu'elle se sent coupable par rapport à Meggie, je veux qu'on soit... amis. Même si cela fait de moi le type le plus égoïste au monde. Jayla a eu un effet sur moi, elle représente un espoir d'aller mieux, de me sortir de cette merde que sont les TSPT et je ne veux pas que ça s'arrête. Tant pis pour le reste.

C'est la raison pour laquelle je me trouve devant sa porte, un grand sourire aux lèvres. Elle, par contre, ne semble pas ravie de me voir, vu la façon dont elle fronce les sourcils et pince sa bouche.

— Qu'est-ce que tu fais là ? me sort-elle d'un ton rogue.

Charmante.

— Bonjour à toi, voisine ! répliqué-je sur un ton exagérément joyeux.

Même si je ne la connais pas bien, je peux presque affirmer sans me tromper qu'elle se retient de lever les yeux au ciel. Si elle compte m'impressionner, c'est raté. Serein, je lui fais face, lui offrant un sourire plus large encore. Le résultat ne tarde pas : exaspérée, elle lâche un soupir.

— En fait, tu tombes bien. Je voulais te rendre ça.

Sans plus de cérémonie, elle me tend un sac. Je hausse un sourcil surpris.

— Ton t-shirt, précise-t-elle avant de commencer à refermer la porte sur moi.

Je réagis aussitôt en la retenant d'une main.

— Attends ! Tu ne veux pas savoir ce que je fais ici ?

— Pas vraiment, non.

Ignorant sa réponse, je sors alors de derrière mon dos une assiette recouverte de papier aluminium.

— Tiens, je t'ai fait des gâteaux. Ils ne sont pas aussi réussis que les tiens, mais...

Interdite, Jayla me fixe un instant puis, ouvrant un peu plus largement l'accès à son appartement, prend le plat avec une extrême prudence comme s'il allait lui exploser à la figure.

— Euh... merci, marmonne-t-elle avant de regarder sous l'alu.

L'instant d'après, elle éclate de rire.

— Je peux savoir ce que sont ces morceaux de charbon ?

Je me frotte l'arrière du crâne, affichant un air contrit.

— Des muffins. C'était pourtant bien parti, au départ ! Mais je crois que j'ai dû merder quelque part.

— Ah bon ? Tu crois ? me demande-t-elle avec une ironie plus qu'évidente.

Je prends un air faussement outré.

— Ne te moque pas, Jayla..., j'y ai mis tout mon cœur ! C'est juste que le site sur lequel je suis allé prendre la recette ne faisait aucune mention de la température à laquelle je devais mettre le four.

— Doux Jésus ! souffle-t-elle, horrifiée.

— Au départ, je l'avais mis au minimum. Et au bout d'un moment, quand je me suis aperçu que ça ne cuisait pas plus que ça, j'ai augmenté le thermostat. Puis, je suis allé prendre une douche... J'imagine que j'y suis resté un peu trop longtemps. Lorsque j'en suis sorti, il y avait une drôle d'odeur. Du coup, j'ai entrouvert la porte du four, vu le désastre...

— Ah, ça, tu peux le dire, c'est un véritable désastre ! se moque-t-elle. Mais dis-moi, qu'est-ce qui t'a pris de faire ça ?

De nouveau, je me frotte l'arrière du crâne, à la différence que cette fois-ci, je ne sais pas vraiment quoi lui dire.

— Je voulais... te rendre la pareille.

— Hein ?

— Il n'y a pas si longtemps, tu m'as fait des muffins à la myrtille et... hum, ça m'a mis de bonne humeur. Vu la façon dont on s'est quittés hier, je me suis dit que je... pouvais faire la même chose ? expliqué-je, avec la sensation d'être le pire des empotés.

Sur ces bonnes paroles, je fixe Jayla en retenant mon souffle. Ses yeux toujours braqués sur mon désastreux essai de pâtisserie, elle semble réfléchir intensément. C'est alors que je vois sa bouche trembler imperceptiblement et je me rends compte qu'elle est en train de se mordre l'intérieur des joues pour ne pas ricaner. Lorsqu'elle relève la tête, son sourire et ses yeux pétillants de malice me coupent le souffle.

— Je ne peux pas te laisser faire ça, Tom. Maltraiter des gâteaux devrait être puni par la loi ! lâche-t-elle en passant devant moi avant d'attraper ses clés et de refermer son appartement.

Je reste planté devant elle, dérouté par son changement d'humeur. Elle se retourne, penche la tête de côté et me lance une œillade rien de moins qu'impatiente, démentie par le sourire qu'elle tente de dissimuler en se mordant la lèvre inférieure.

— Tu comptes que je t'apprenne à faire des gâteaux dans le couloir ? Ça risque d'être un poil compliqué...

Je sors de ma transe et la rejoins au petit trot avant de lui ouvrir l'entrée de mon appartement et une odeur sucrée m'enveloppe alors qu'elle en franchit le seuil. Je me demande comment j'ai fait pour ne pas m'apercevoir avant qu'elle sentait aussi bon. Je la laisse aller dans la cuisine tandis que je referme la porte. J'ai besoin d'un moment de répit pour comprendre ce qui m'arrive et comment cette fille peut éveiller en moi des choses que j'avais oubliées, comme le fait de capter des détails qui jusque-là paraissaient comme insignifiants, ou de lâcher prise.

Suis-je prêt à réveiller cette petite part de moi ?

— Je n'avais pas remarqué ta bibliothèque, me dit-elle d'une voix forte, me faisant sortir de ma torpeur.

Je la rejoins dans le salon, puisque c'est là qu'elle s'est arrêtée. Elle observe mes livres rangés soigneusement sur les étagères, passant de temps à autre un doigt sur le dos de l'un d'eux. Je prends brusquement conscience qu'un bon nombre de filles sont venues ici et qu'aucune d'entre elles ne s'est intéressée à ce qui pouvait se trouver dans cet appartement. Elles voulaient uniquement passer du bon temps au lit avec moi.

— J'aime beaucoup lire, je lui réponds simplement, soudainement heureux qu'elle s'intéresse à ma collection de bouquins.

Elle tourne la tête vers moi et ses lèvres s'incurvent en

un joli sourire. De nouveau, elle a cet éclat singulier dans les yeux. J'aime sa manière de me regarder.

— C'est sexy un homme qui lit.

J'éclate de rire, déstabilisé par sa remarque.

— Tu trouves ?

— J'en sais rien. À vrai dire, je n'y ai jamais vraiment fait attention. J'ai dit ça pour détendre l'atmosphère.

— Pourquoi ? Tu trouves que l'ambiance est tendue ?

— Non, pas particulièrement. Mais je trouvais que tu me regardais bizarrement.

— Excuse-moi. C'est juste que je ne suis pas habitué à avoir de la visite.

— En même temps, ce n'en est pas vraiment une : tu m'as un peu forcée à venir, rétorque-t-elle avec cet air mi sérieux, mi-amusé qui semble la caractériser.

Je décide d'entrer dans son jeu et plaque théâtralement une main sur mon torse, comme mortellement blessé.

— Moi ? Moi, je t'ai forcée à venir ? Oh, Jayla... comment peux-tu être si dure ?

— Mes amis m'appellent Jay.

Je me fige, mon souffle se bloque dans ma gorge alors que je prends la pleine mesure de ce que ses paroles sous-entendent. Décontenancé, je braque mon regard sur elle et ses prunelles couleur whisky le soutiennent sereinement. L'ambiance du moment prend soudainement une autre dimension et alors qu'elle se détourne sans un mot pour aller dans la cuisine, je me souviens comment respirer.

Suis-je prêt à réveiller cette petite part de moi ?

Chapitre 26 — Tom

— J'ai besoin d'œufs, de myrtilles, de beurre, de levure chimique, de sucre en poudre, de farine et de lait, m'ordonne Jay, en prenant en main les opérations alors qu'elle ouvre mes placards à la recherche d'un saladier.

Je m'exécute et pose les ingrédients sur l'îlot central, de même que quelques ustensiles, puis je m'installe à côté d'elle et attends. Elle coule vers moi un regard sévère et je hausse les sourcils de surprise.

— Quoi ? demandé-je, en la voyant mettre ses poings sur ses hanches et lever les yeux au ciel.

— Parce que tu as cru que j'allais te laisser me regarder ? Sache, cher Tom, que pour apprendre, il faut mettre la main à la pâte !

Son ton autoritaire me fait ricaner. Jayla toussote et aussitôt, je redeviens sérieux comme un pape.

— Bien... Tu vas commencer par faire préchauffer ton four quinze minutes, thermostat 6. Et il me faut un moule à muffins.

Dans l'instant, je fais ce qu'elle me dit puis reprends place devant l'îlot.

— Tu as des caissettes en papier ? demande-t-elle après avoir cherché quelque chose sur la table.

— Des... quoi ?

— Ces petites choses blanches, sur la partie inférieure des gâteaux ? Non, ça ne te dit rien ? ajoute-t-elle en me voyant lui jeter un regard vide.

Elle secoue la tête d'un air dépité.

— Ce n'est pas grave, nous ferons sans. Bon, à présent, tu vas mélanger un œuf avec 70 grammes de beurre et 100 grammes sucre dans le saladier.

Je suis ses instructions, me concentrant au maximum. Je casse l'œuf et après avoir rajouté les autres ingrédients, prends une spatule afin de mélanger.

— Il faut que tu fouettes énergiquement de manière à ce que le mélange devienne blanc, m'explique-t-elle sur un ton patient en se plaçant un peu plus près de moi et me tendant un fouet et mêle le geste à la parole.

Je me mords l'intérieur des joues afin de ne pas rire devant l'image plus que suggestive qu'elle offre. Et c'est encore plus difficile lorsque, posant sa main sur la mienne, elle imprime le bon mouvement à mon poignet. Brusquement submergé par une vague de chaleur, je tente d'ignorer le contact de sa paume sur ma peau.

Nous passons les dix minutes suivantes à ajouter le reste

des éléments dans le récipient. Sans le vouloir, je renverse un peu trop de farine, mais d'après Jayla, cela n'aura pas grande incidence puisqu'il ne s'agit pas non plus de la moitié du sachet. J'apprécie la façon qu'elle a de me guider, à la fois douce et ferme ainsi que cette espèce de climat détendu et confiant qui s'installe entre nous. Bientôt, nous avons terminé et je me concentre au mieux afin de verser la pâte dans les différents compartiments du moule, sans en verser une goutte à côté. Je les enfourne, referme la porte et mets le minuteur en route, puis me tourne vers Jayla en souriant de toutes mes dents, débordant de fierté.

— On dirait que j'ai réussi ! m'exclamé-je en croisant les bras sur mon torse et agitant mes sourcils pompeusement.

— Ça va ! Ce n'était pas non plus la chose la plus difficile au monde ! Un enfant de cinq ans pourrait le faire ! me rabroue-t-elle gentiment, tout en commençant à débarrasser l'îlot central.

Je ne relève pas la pique. Pas là, alors que Jay et moi sommes si décontractés. Par contre, je suis pris d'une envie irrépressible de la taquiner.

— Retire ces mots ou je te jure que tu vas le regretter…, la préviens-je, sur un ton faussement menaçant.

— Ah oui ? Et comment ?

Je fronce les sourcils et m'avance vers elle.

— Ah ? Tu le prends comme ça ?

Elle me fixe, un rien sarcastique, un demi sourire ourlant ses lèvres.

— Attention, ceci est mon dernier coup de semonce. Excuse-toi ou je ne réponds plus de rien !

Elle ricane, sous-estimant clairement ma menace. *La bougresse !*

— Mais c'est qu'il ferait presque peur ! Alors, Monsieur-le-gros-dur qu'est-ce que vous…

Elle pousse un cri strident au moment où je lui envoie une poignée de farine en plein visage. Ses lèvres formant un « o » parfait, elle renâcle et me fusille du regard.

— Tu n'as pas osé faire ça ?

— Qui ? Moi ?

Je reprends de la farine et la jette à nouveau sur elle.

— Toooom !

Je croise les bras et la regarde de toute ma hauteur, un sourire insolent sur les lèvres.

— Oh ? Tu voulais parler de ça, peut-être ?

Dans un cri, elle se jette sur le paquet posé au milieu de l'îlot et y plonge la main puis elle avance vers moi le regard brillant.

Je recule en mettant mes mains devant moi, riant à gorge déployée.

— Ne fais pas ça, tu vas te faire mal, me moqué-je affectueusement. De toute façon, tu n'es pas de taille.

Alors elle se fige. Je la regarde, elle en fait de même.

Durant quelques secondes, nous nous jaugeons, cherchant à savoir lequel des deux bougera le premier. Puis un lent sourire démoniaque naît sur ses lèvres et je comprends qu'elle a une idée derrière la tête. *Petite maligne.* Mais c'est mal me connaître, j'ai moi aussi plus d'un tour dans mon sac.

Tout se passe en une fraction de seconde : d'un bond, elle se jette sur moi. Instinctivement, je cours dans l'autre sens et saisis la première arme à ma portée : un œuf. Puis je lui fais face, l'air faussement sérieux.

— Un pas de plus et tu as le droit à un shampoing maison, la défié-je, la respiration courte.

— Fais ça, et tu le regretteras, me répond-elle sur le même ton, tout en continuant à avancer.

— Jaay..., l'avertis-je d'une voix sourde.

— Toom..., réplique-t-elle, réduisant un peu plus la distance entre nous.

L'ambiance est chargée d'électricité et de quelque chose d'autre de plus subtil, quelque chose qui, malgré notre hilarité, ne demande qu'à exploser. Quelque chose que je n'avais pas prévu. Elle fait un pas de plus et immédiatement, mes alarmes se déclenchent et se mettent au rouge. Je fais un pas en arrière dans un réflexe de survie, mais Jayla continue à avancer jusqu'à me toucher du doigt.

— Avoue ta défaite, me somme-t-elle, rayonnante de victoire.

Si près de moi, son odeur sucrée m'enveloppe.

Mon cœur marque un arrêt.

— Et si… je ne le fais pas ? objecté-je d'une voix rauque.

— Je serais obligée de te châtier.

Mon cœur marque un autre arrêt.

Je ferme les yeux et essaie de reprendre pied. Lorsque je les rouvre, je pose l'œuf dans l'évier et arrache le paquet de farine des mains de Jayla. Puis, sans prévenir, je la prends par la main et la tire un peu plus vers moi. Je plonge mon regard dans le sien, à présent écarquillé de stupeur et lui laisse une dernière chance de tout arrêter. *Maintenant.*

Elle ne bouge pas.

Mon rythme cardiaque accélère sensiblement et je lâche un long soupir.

— Juste pour que ce soit clair entre nous, Jay : je vais t'embrasser.

Chapitre 27

Jayla

Je vais t'embrasser…

Mon souffle meurt dans ma gorge alors que ses mots font sens dans mon esprit. Je suis figée sur place. Je sais que je devrais partir, mais j'en suis incapable, comme hypnotisée par ses prunelles bleues. Dans ma tête, tous les signaux sont en alerte code bleu. Mais je ne bouge pas.

Comme au ralenti, Tom pose sa main contre ma joue et la caresse délicatement du pouce. Ses yeux dans les miens, il se penche et de son autre main, relève mon menton avec douceur et presse ses lèvres contre les miennes. Un long frisson me parcourt le dos et je laisse malgré moi échapper un soupir. J'ai déjà embrassé d'autres garçons avant lui, des types qui sur le coup m'avaient semblé être spéciaux et j'espérais moi aussi être spécialepour eux. Et quand leurs lèvres se posaient sur les miennes, ils tentaient de me convaincre à quel point je l'étais et à leur façon, sur le moment, ils ont rempli le job. Mais *ce* baiser de Tom est bien plus que cela. Il… C'est comme si j'ouvrais enfin les yeux et que je découvrais la véritable couleur de chaque chose. Tous mes sens prennent vie. Je me laisse griser par le contact de sa bouche sur la mienne, son souffle mêlé au mien, la chaleur de ses bras. Aucun baiser ne m'a jamais procuré tant de sensations, ses pouces sont d'une tendresse infinie contre ma joue et ses doigts, si doux dans mes cheveux. Ma tête tourne et mes jambes tremblent et mon cœur se lance dans une course effrénée. Mais Tom relève la tête et je réprime un grognement de dépit.

Je croise son regard. Ses pupilles sont dilatées et brillent d'un éclat que je ne leur connaissais pas. Un lent sourire incurve ses lèvres juste avant qu'il ne fonde sur les miennes, les écrasant avec plus de force tandis qu'il passe un bras autour de ma taille puis me soulève comme si je ne pesais pas plus qu'une plume. Pendant un moment, j'imagine qu'il va me hisser sur l'îlot central et m'y étendre, et je sais au plus profond de moi que je ne l'en empêcherai pas. Pourtant, alors que je me demande jusqu'où *exactement* je suis prête à le laisser aller, il me surprend en m'attirant plus près de lui et ce n'est que lorsque je me retrouve sur ses genoux que je m'aperçois qu'il s'est assis. Continuant leur propre aventure, ses doigts glissent de mon visage vers mes épaules et mes bras et je frémis sous leur contact. D'un geste sûr, il me positionne face à lui afin d'être plus stable. Puis ses mains retrouvent mon visage et il rompt notre baiser, juste le temps de reprendre son souffle, et nos fronts sont l'un contre l'autre. Même ce simple geste me paraît parfait.

Là, contre lui, mon cœur bat sauvagement et mon corps entier tremble. Au moment où Tom glisse à nouveau ses mains dans mes cheveux, m'embrasse, attrape entre ses dents ma lèvre inférieure et la titille du bout de la langue jusqu'à ce que je m'ouvre à lui pour le laisser me goûter. Et plus ce baiser dure, plus son bras se resserre autour de ma taille pour me plaquer fermement contre son torse musclé. Lorsqu'il rompt le contact, il ne me lâche pas et berce mon corps parcouru de délicieux frissons. Et si près de lui, comme un écho à mes propres sensations, je ressens chaque battement de son cœur contre ma poitrine, chaque respiration lourde et rauque et je commence à me demander lequel de nous deux est le plus bouleversé par ce baiser – *lui ou moi ?*

Une sonnerie nous fait sursauter. Le minuteur nous indique que les muffins sont prêts et avec regrets, je reprends pied dans la réalité. Une partie de moi s'insurge contre le fait d'avoir perdu la raison si facilement, tandis que l'autre rechigne à quitter la chaleur des bras de Tom. Mais je le sens se raidir contre moi et sans jamais me lâcher, il se relève de sa chaise et me remet doucement sur mes pieds. Aussitôt, mon corps est parcouru d'un tressaillement involontaire lorsqu'il s'éloigne de moi et je suis surprise d'éprouver une sensation de manque. Dans un réflexe de protection, je croise mes bras autour de moi et lance un regard vers mon voisin. Il me fixe, les yeux brûlant du même feu qui a failli nous consumer tous deux quelques secondes plus tôt. Puis cette lueur fait place à quelque chose d'autre. *Des regrets ?* Immédiatement, je me sens blessée presque autant que si j'avais reçu une gifle et moi aussi, j'en viens à me mordre les doigts de m'être laissée aller. Je laisse échapper un ricanement amer.

De toute façon, qu'est-ce que je croyais ? Ce n'était même pas une bonne idée de venir chez lui alors que j'avais décidé de me tenir éloignée. Là, je me suis littéralement jetée sur lui. *Bravo ! Quelle idiote je fais !*

Mais alors que je me fustige intérieurement, Tom fait un pas vers moi et m'embrasse à nouveau. Un baiser doux, toute en tendresse et pourtant, j'arrive à deviner qu'il est dans la retenue. Je noue mes bras derrière sa nuque, et le laisse approfondir notre baiser. En l'espace d'un souffle, il balaie mes doutes et je grogne de satisfaction contre sa bouche. Comme si elles attendaient ce signal, ses mains se font plus pressantes, caressent fiévreusement mon dos, malaxent délicieusement mes fesses, et il me plaque contre lui, dévoilant un désir évident. À cet instant précis, je sais qu'il m'en faudrait peu pour perdre la tête. Comme s'il l'avait deviné, Tom rompt le contact et me serre à m'en étouffer. Nous restons ainsi pendant ce qui me semble être une éternité puis, après un soupir saccadé, il dépose un baiser sur le sommet de ma tête.

— Je crois que tu devrais rentrer chez toi, chuchote-t-il.

Je reste muette, partagée entre l'envie de rester là et écouter les battements effrénés de son cœur, au risque que d'une seconde à l'autre, nous finissions par succomber une fois de plus ou écouter la voix de sagesse. Mais je sais que Tom a raison, il vaut mieux que je parte. Je suis trop bouleversée et à fleur de peau, et j'ai vraiment besoin de réfléchir à ce qui vient de se passer. Alors, je me dégage avec douceur et après un sourire incertain, tourne les talons.

Une fois chez moi, je me laisse tomber sur mon canapé et attrape un gros coussin que je serre convulsivement dans une vaine tentative de me raccrocher à quelque chose. Dans ma tête, les questions fusent et j'ai bien du mal à trouver des réponses rationnelles. Et j'ai beau essayer de relativiser, cette expérience avec Tom n'est pas anodine. Je suis totalement chamboulée, comme si un ouragan était passé dans mon esprit, chamboulant tout sur sa route. *L'ouragan Tom...* Je souris à cette image, elle colle parfaitement à mon voisin :

fascinant, mais terriblement dangereux.

Je ne sais pas ce que Tom m'a fait, mais j'ai beau me répéter qu'après tout, ce n'était qu'un baiser, je n'arrive pas à m'en convaincre et je sais d'avance que je n'arriverai pas à trouver le sommeil facilement cette nuit. *Pas après ça.*

Chapitre 28 — Tom

Une autre nuit sans sommeil.

De nouveau, les rêves m'ont assailli, à la différence que cette fois, Jayla était là. J'étais avec Face-de-Rat et au moment où il allait me transformer en torche humaine, elle apparaissait pour me sauver. Mais à l'instant où nos doigts se touchaient, elle s'embrasait à ma place, comme si elle absorbait ma douleur. D'un bond, je me réveillais en sueur et mettais un temps fou à me rendormir. À chaque fois que je retrouvais le sommeil, mon cauchemar reprenait de plus belle, me repassant en boucle les mêmes images. Ainsi, au petit matin, je me sens vide et de mauvaise humeur.

Tel un lion en cage, je tourne en rond chez moi avec une sensation de malaise qui ne me quitte pas. Il faut que je sorte, mais je n'en ai pas envie. La vérité c'est que je me sens en dessous de tout. Parce que mes démons prennent trop de place et que je ne suis pas capable de les affronter. Je passe mon temps à les fuir.

Il faut que je m'occupe l'esprit.

J'attrape la télécommande de la télé et me mets à zapper

compulsivement. Les infos, une émission de télé-réalité débile, une série des années 90, la chaîne météo... dont la présentatrice a la même couleur de cheveux que Jayla. Je reste bloqué dessus, rattrapé par le souvenir du baiser de la veille.

Je me frotte le visage, la gorge soudainement nouée.

C'est tout moi, ça. Je me plains d'aller mal, que mes TSPT me bouffent la vie, mais quand enfin je trouve un moyen d'y faire face, je fous tout en l'air. Je n'aurais pas dû laisser la situation m'échapper dans la cuisine. Ce n'était pas ce que j'avais prévu. Je voulais juste la voir et discuter, pas lui sauter dessus. Je suis le dernier des imbéciles ! Alors que j'avais besoin d'aide, Jayla m'a tendu la main – bien malgré elle, si je suis honnête – et moi, en remerciement, j'ai pris tout ce que je pouvais prendre, me comportant comme le dernier des égoïstes. Je lui ai dit « soyons amis », alors même que je savais que cela la mettrait dans une position inconfortable. Amis... tu parles ! Je suppose que les baisers échangés n'ont rien d'amical et n'ont fait que rendre la situation plus embarrassante. Pourtant, même si je dois bien avouer que je ne m'y prends pas avec elle de la meilleure des façons, j'ai vraiment envie de devenir son ami. Elle m'intrigue. Elle me fait du bien. Elle rend mes journées plus douces. Plus faciles à supporter.

Il est 17 h lorsque, au terme d'intenses tractations avec moi-même, je me décide à aller frapper à la porte de ma voisine. Et comme je suis du genre à avoir besoin d'un prétexte, j'attrape un DVD au hasard et l'emporte avec moi. Soirée film avec un voisin déprimé, quelle fille pourrait y résister ? Mais alors que j'attends sagement sur son paillasson, le doute m'envahit. Et si, après hier, elle ne voulait pas me laisser entrer ? La porte s'ouvre et elle se tient devant moi, dardant sur moi un regard intrigué.

— Euh... Salut ! balbutié-je, et à cet instant je suis sûr d'être aussi rouge qu'un gamin de quinze ans – encore qu'à cet âge-là, j'étais tout sauf timide avec les filles.

Elle porte un pantalon de Yoga et un top noirs, ses cheveux sont relevés en un chignon et elle tient un gros livre à la main. Elle est absolument adorable.

— Tom..., je ne m'attendais pas à ta visite.

Je brandis devant moi le DVD et je la vois le regarder avec attention, puis froncer le nez et lever un sourcil sarcastique.

— Vraiment ? Un baiser et tu crois que je vais mater..., attends... « La petite vicieuse dans la prairie » avec toi ?

— La petite... vi...cieuse ?

Immédiatement, je lis le titre du film et j'ai juste envie de me coller des baffes. Je crois que si je voulais lui faire bonne impression, c'est raté.

— Oh mon Dieu, Jayla ! Je... suis vraiment désolé, je ne voulais pas..., je n'ai pas..., ne crois pas que...

— Tu regardes du porno chez toi ? Tu sais, ça arrive à plein de gens bien, même si personnellement, je n'en connais aucun. Remarque, je me vois mal demander à mes amis s'ils sont fans de gonzo. Mais chacun son truc, n'est-ce pas ? Perso, je donne dans les films de super-héros, si on compare, ce n'est pas vraiment plus évolué, hein !

Elle me lance un regard critique, démenti par le tressaillement discret de sa bouche. Elle se moque ouvertement de moi, et j'ai la désagréable impression que cela va devenir une habitude.

— J'imagine que mon idée de soirée vidéo tombe à l'eau ? je marmonne, un peu vexé.

— Eh bien, si tu n'as pas d'autre option qu'un film de cul à me proposer, j'ai bien peur que oui…

Je la fixe puis jette tour à tour un œil vers le DVD et la porte de mon appartement, incapable de bouger d'un pouce. Au bout d'une éternité de solitude et d'humiliation, Jayla vient à mon secours en ouvrant plus largement son appartement et m'arrachant la jaquette des mains pour le poser sur le meuble de son entrée.

— Allez viens, grand nigaud, tu me fais de la peine ! J'ai des tas de films pour ados chez moi et si tu es sage, peut-être même que je ne t'obligerai pas à regarder « Princesse malgré-moi ».

Le sourire malicieux qu'elle m'offre me sort de ma transe et j'entre chez elle. Elle me rejoint dans le salon et fait de la place sur son canapé où des livres traînent. Je prends brusquement conscience que j'arrive peut-être à un mauvais moment.

— Je te dérange ? demandé-je d'une voix forte lorsque ma voisine se rend dans sa chambre pour y déposer ses bouquins.

— Non, j'avais fini de toute façon. J'allais manger, puis

regarder si je tombais sur une bonne série, crie-t-elle en réponse.

— Oh. Je peux repasser à un autre moment, si tu préfères.

Elle revient et après quelques secondes de réflexions, hausse les épaules avec désinvolture.

— Non, c'est bon. Tu ne me gênes pas et puis, si tu étais venu un autre soir, tu aurais trouvé porte close : j'ai une semaine chargée.

Je hoche la tête, heureux qu'elle ne me renvoie pas dans mes pénates.

— Travail ? je demande, un peu curieux.

— Entre autres. Ce semestre, j'ai pas mal de cours qui terminent tard, explique-t-elle en se rendant dans la cuisine. Tu aimes le poulet au curry ?

Je la suis et m'installe autour de l'îlot central, souriant lorsque je constate que nos appartements sont équipés à l'identique.

— Hank a eu un prix de gros pour les travaux, on dirait.

Elle me jette un regard par-dessus son épaule et ricane.

— Je me suis fait la même réflexion quand j'étais chez toi. Alors, poulet au curry ou autre chose ?

— Je prendrai ce que tu cuisineras, je réponds, soudainement honteux de m'imposer à l'heure du repas.

— OK, rétorque-t-elle en sortant un plat du réfrigérateur pour le passer au micro-ondes.

Trois minutes plus tard, un poulet à la senteur épicée atterrit au milieu de l'îlot tandis que je mets le couvert, histoire de me rendre utile. Nous nous installons l'un en face de l'autre et après qu'elle m'a servi, j'attaque ma part. Un toussotement m'interrompt en plein élan. Jayla m'observe avec insistance. Il me faut quelques instants pour comprendre ce qui ne va pas.

— Je... n'ai pas dit les grâces, c'est ça ? la questionné-je sur un ton hésitant.

Et elle éclate de rire, me déroutant une fois de plus.

— Si tu voyais ta tête ! se moque-t-elle.

— Tu es... une diablesse, Jayla ! marmonné-je sur un ton plaintif, ce qui fait redoubler son hilarité. Qu'est-ce que je t'ai fait pour mériter ça ?

Son expression change du tout au tout. En un instant, elle devient plus sérieuse, son regard se fait plus dur et aussitôt, je comprends que sa gaieté n'est en fait qu'une façade. Elle pique un morceau de viande avec sa fourchette, le porte à sa bouche et prend tout son temps pour le mastiquer avant de me répondre.

— Je crois qu'il faut qu'on parle de ce qui s'est passé hier soir, Tom.

Immédiatement, je me mets sur la défensive.

— Vas-y...

— J'y ai beaucoup pensé aujourd'hui et j'en suis arrivée à la conclusion que ça ne doit plus se reproduire.

J'accuse le coup, mais n'en laisse rien paraître. Au contraire, je prends le contre-pied en jouant les innocents.

— Ça ?

Elle lève les yeux au ciel.

— Oui : toi, moi, hier...Le baiser !

— Ah ! *Ce* truc !

Elle coule vers moi un regard entendu tout en continuant à manger. Je l'imite, profitant de ce moment pour réfléchir à ma réponse.

— Tu vois, dis-je entre deux bouchées, je me disais aussi qu'on devait laisser cette histoire derrière nous. C'était une erreur.

En face de moi, Jayla plisse légèrement les yeux et j'aperçois un tic involontaire au niveau de sa mâchoire. *Touchée.*

Impassible, elle pose sa fourchette, boit quelques gorgées d'eau puis, repose son verre d'un geste maîtrisé. Le sourire serein qu'elle m'adresse ensuite est parfaitement calculé, j'en ai l'intime conviction.

— Bien, puisque nous sommes tous les deux d'accord...

Je soutiens son regard et lui renvoie le même rictus assuré. J'ai l'impression de disputer une partie de poker. En face de moi, j'ai une adversaire des plus redoutables et c'est à celui qui bluffera le mieux. Tant qu'à faire, autant que ce soit moi, car je ne suis pas prêt à abattre mes cartes le premier.

Chapitre 29 — Tom

Assis dans le canapé, je regarde Jayla poser un saladier de pop-corn et deux bières sur la table basse. J'approuve en souriant quand elle me dit qu'elle ne conçoit pas une soirée film autrement, puis elle va vers le meuble télé et se baisse.

— Nous avons le choix entre : comédie romantique, blockbuster bourré d'effets spéciaux ou..., énumère-t-elle en me regardant avec une moue dubitative par-dessus son épaule.

Je fais la grimace.

— OK. On peut aussi regarder sur le câble si on trouve quelque chose qui nous plaira à tous les deux, me propose-t-elle avec amabilité.

Je hoche la tête et me penche pour attraper ma Bud. Jayla s'assoit près de moi et nous restons muets. Je bois quelques gorgées de bière. Elle en fait de même, puis je l'entends tapoter nerveusement contre sa bouteille. Elle s'agite et change de position, calant son dos contre le dossier du canapé, les jambes en tailleur. Quant à la télé, elle est toujours aussi désespérément éteinte.

Au bout de quelques minutes, le silence relatif juste troublé par nos respirations devient gênant.

— Tu disais que tu allais à la fac ? lancé-je, afin de dissiper le malaise entre nous.

— Oui… Exact. Je suis en dernière année de master.

Elle répond sans poser les yeux sur moi, certainement consciente elle aussi de cette ambiance pour le moins pesante entre nous.

— Et tu étudies quoi, au juste ?

— La psychologie. Je veux être thérapeute. Et… et toi ? Tu fais quelque chose, depuis que tu es revenu ?

Je laisse échapper un ricanement et aussitôt, elle me lance un regard étonné.

— J'ai dit quelque chose qu'il ne fallait pas ?

Je lui offre un sourire rassurant.

— Non, non. C'est juste que ça fait bizarre d'échanger nos CV.

— Tu veux dire aujourd'hui ? rétorque-t-elle après avoir pris une seconde pour réfléchir.

Je hausse les épaules.

— Ouais. On a eu dix fois le temps de le faire avant, tu ne crois pas ?

À son tour, elle rit et je remarque qu'elle commence à se détendre un peu.

— C'est pas faux. D'ordinaire, les gens commencent par là

avant de se fréquenter. Enfin, je veux dire... Non, je ne veux pas dire qu'on se fréquente, mais...

Son visage prend brusquement une teinte plus foncée et elle se cache derrière ses mains en laissant échapper un couinement absolument ridicule, mais tellement adorable venant d'elle. Réprimant une brusque envie de la prendre dans mes bras, j'attends sans rien dire qu'elle recouvre son calme et j'ai d'autant plus de mal à le faire quand, rassérénée elle pose les yeux sur moi tout en se mordillant la lèvre inférieure.

Seigneur, donnez-moi la force...

— Excuse-moi, Tom, je te jure que d'habitude, je ne suis pas aussi maladroite.

Je m'engouffre dans la brèche sans attendre, j'aime lorsqu'elle perd ses moyens.

— Ah ? Et pour quelle raison l'es-tu ?

Elle me fixe d'un air agacé et je dois me mordre l'intérieur des joues pour ne pas me moquer d'elle ouvertement.

— Arrête de faire comme si ce que j'avais dit n'était pas gênant. Ça l'est. Affreusement.

Cette fois, je ne peux m'empêcher de rire. Et plus je ris, plus elle me fusille du regard. Je finis par recevoir une méchante claque sur l'épaule, mais c'est plus fort que moi, je suis plié en deux. J'attrape son poignet au moment où elle va me décocher un second coup.

— Tss, Tss. Je te l'ai déjà dit hier : tu vas te faire mal.

Elle répond en fronçant son nez et me tire la langue, ce qui a pour effet de redoubler mon hilarité.

— C'est ça, moque-toi..., finit-elle par marmonner.

Son air vexé a le mérite de me faire recouvrer immédiatement mon calme. Je prends le temps de boire quelques gorgées de bières puis décide de mettre les choses à plat.

— Écoute, il s'est passé ce qui s'est passé hier. Et même si ce n'était pas une bonne idée, je ne regrette pas un seul instant de t'avoir embrassée. Mais je peux te jurer que si je suis ici ce soir, c'est parce que l'autre jour je t'ai proposé qu'on devienne amis et je le pensais sincèrement. Alors, tu vas allumer cette télé et on va faire ce qui était prévu : regarder un film ou quoi que ce soit qui te fera envie. Je ne te sauterai pas dessus, c'est promis. Je veux juste passer un bon moment avec toi.

Je fais l'impasse sur la partie de mon monologue où je lui dis que je compte bien l'embrasser une nouvelle fois, j'imagine que ce serait me dédire et surtout, je pense qu'elle me renverrait directement chez moi. Puisque j'ai avant tout besoin de me détendre, je préfère jouer la prudence et la retenue. Quoi qu'il en soit, mon discours a l'air de l'avoir convaincue puisqu'elle hoche la tête, se penche pour attraper le bol de pop-corn et allume le téléviseur.

— Un film ou une série ?

— Va pour une série..., lui réponds-je sans réel entrain, car en réalité, j'ai peur qu'elle ne choisisse un truc du genre de *Gossip Girl.*

— Un marathon *Grimm*, ça te convient ? finit-elle par demander au bout de quelques minutes à regarder le catalogue en ligne.

— Ça marche pour moi, mais tu n'as pas cours, demain ?

— Je ne suis pas non plus obligée de te garder chez moi toute la nuit.

Je feins l'innocence.

— Et si je m'endors ?

— Je te vire à coup de pompes dans le cul !

— Méchante voisine ! Tu as donc si peu de pitié pour réveiller brutalement un homme endormi, lui faire parcourir une longue distance jusque chez lui… Si belle et pourtant si violente…

— Je te rappelle que tu vis dans l'appartement d'à côté, réplique-t-elle avec impertinence tout en essayant de cacher le rougissement subtil de son visage.

Puis elle vient se rasseoir à côté de moi, le sourire aux lèvres. D'autorité, et surtout parce que je n'ai pas envie de lui laisser le dernier mot, je chipe le saladier de pop-corn et le mets sur mes cuisses.

— Excuse-toi d'avoir été méchante ou je garde la bouffe en otage !

Elle hausse les épaules et me coule un regard blasé.

— Tom, c'est moi qui ai la télécommande. Ce qui signifie que j'ai tous les pouvoirs et que je peux trouver une redif' de la revanche d'une blonde et sa suite et tu devras les regarder jusqu'à la fin. Imagine ça. C'est vraiment ce que tu veux ?

Je repose le saladier de friandises entre nous en soupirant exagérément et Jayla tape victorieusement des mains, à la manière d'une gamine de cinq ans.

— Jayla : 1, Tom-le-Gros-dur : 0. Victoire totale, applaudissement de la foule en délire !

Je la regarde se lever et se pavaner devant un public imaginaire en agitant la télécommande comme un trophée. Pour une raison que je ne saisis pas, mon cœur manque un battement et je sens que je souris comme un idiot. Une sensation étrange s'empare de moi, mais je préfère ne pas y prêter attention.

— T'es vraiment cinglée comme nana, on te l'a déjà dit ? dis-je d'un air désabusé.

— Ouais, je sais ! C'est pas génial ?

Cette fille me plaît vraiment beaucoup.

Elle revient vers le canapé et s'y laisse retomber lourdement. Puis elle se redresse afin de se remettre en tailleur et zappe jusqu'à la chaîne qui diffuse la série que nous avons choisie. Au bout de quelques minutes, elle se relève, ouvre un placard et en sort un plaid puis éteint la lumière avant de revenir s'asseoir. Lorsqu'elle déplace le pop-corn pour venir tout contre moi, je me fige le temps d'un battement de cil, puis je place mon bras sur le dossier du canapé pour que Jayla s'installe correctement et pose le saladier en équilibre sur ma cuisse. Encore une fois, son comportement me déroute et c'est avec un peu de difficulté que je déglutis. J'ai la gorge nouée et sentir ma voisine si près de moi n'arrange pas la situation. Je cherche quelque chose à dire, pas parce que je veux engager la conversation, mais parce que j'en ai besoin, aussi bizarre que cela puisse sembler. La série débute et je n'ai toujours aucune idée et puis brusquement :

— Je suis des cours par correspondance. En littérature ancienne et classique... pour être prof de littérature.

Jayla tourne légèrement la tête vers moi, un sourire étrange aux lèvres.

— Cela explique donc la bibliothèque...

Je fronce les sourcils, stupéfait.

— Parce que, sans ça, il était anormal que j'aie des livres ? m'insurgé-je vivement.

— Non, rétorque-t-elle calmement. Mais je connais peu de gens de notre âge qui lisent Homère, Aristote, la Tragédie antique et la Structure du Mythe pour le plaisir.

Je dois avouer qu'elle marque un point. Et je suis assez surpris : comment peut-elle avoir eu le temps de voir ces détails au milieu des dizaines de livres qui trônent sur les étagères alors qu'elle n'a passé que quelques secondes tout au plus dans mon salon ?

— C'est bien que tu suives des études. Sincèrement, je le pense.

— J'ai commencé quand je me suis engagé, en fait, reprends-je avec l'intention de lui expliquer mes motivations. J'étudiais dès que j'avais un peu de temps libre. Ce n'était pas évident, surtout lors de tous ces mois à l'étranger, lorsque j'étais en détachement, mais je n'ai pas lâché. Et puis, certaines fois, cela m'aidait à tenir.

Elle hoche la tête d'un air compréhensif.

— Je peux te poser une question ?

Non.

— Vas-y, finis-je par dire, même si l'appréhension me gagne.

— Qu'est-ce qui a été le plus dur à affronter ?

Sans hésitation, je lui réponds d'une voix sombre :

— Les souvenirs. Parfois, les souvenirs sont la pire des tortures.

À cette évocation, je sens un frisson désagréable me parcourir l'échine et d'instinct mes entrailles se tordent. C'est alors que Jayla fait un geste qui me surprend : elle se redresse et dépose un baiser sur ma joue. À l'instant où ses lèvres se posent sur la zone brûlée de mon visage, ma peau est parcourue de picotements délicieux. Et lorsque Jay se colle contre moi, je sens revenir mon sourire idiot ainsi qu'une légère tension au niveau de mon entrejambe. Mais cette fois, je n'essaye même pas de le cacher.

— On se la regarde cette série ? chuchote-t-elle en se servant une poignée de pop-corn.

Il me faut un moment avant de réaliser ce qui vient de se passer et, après en avoir débattu avec moi-même, je décide d'accepter ce geste comme il est venu.

Je me réveille au petit matin, avec la sensation d'un corps chaud contre le mien. Non loin de moi, j'entends le son d'une télé qu'on a visiblement oublié d'éteindre et presque immédiatement, je sais où je suis. Je me raidis un peu, écarquille les yeux et tombe directement dans le regard encore endormi de Jay. Elle me fixe, un doux sourire flotte sur ses lèvres.

— On dirait que tu t'es endormi..., chuchote-t-elle joyeusement.

Je hausse les sourcils.

— On dirait que tu ne m'as pas renvoyé chez moi..., murmuré-je à mon tour.

Elle se redresse un peu pour me faire face et me décoche un sourire malicieux.

— Tu étais mignon comme tout et tu avais l'air si paisible que je n'ai pas eu le cœur de te virer à grands coups de pompes dans le derrière.

— Dis plutôt que tu t'es toi aussi endormie !

— Croix de bois, croix de fer, dit-elle en faisant un signe sur sa poitrine.

— OK, j'ai pigé !

Elle fronce son petit nez avant de rajouter en me fuyant du regard :

— Et puis surtout, tu étais si confortable que ça aurait été un sacrilège de me relever pour aller dans ma chambre.

Je rigole doucement. Je me sens incroyablement en forme, mes muscles sont à peine raidis après cette nuit sur le canapé, le corps de ma voisine lové contre le mien. Non, vraiment, cela faisait longtemps que je ne m'étais pas senti aussi... bien, détendu. Cette nuit, aucun cauchemar n'est venu me troubler et il ne m'est pas difficile d'en comprendre la raison.

Chapitre 30
Jayla

Après avoir renvoyé Tom chez lui, je file sous la douche et me prépare pour aller en cours. J'ai eu du bol de me réveiller à temps, sinon, j'étais bonne pour arriver en retard et s'il y a bien une chose que je déteste, c'est celle-ci. Mais il faut avouer que j'avais une bonne raison de traîner au lit – ou en l'occurrence, sur le canapé –. M'endormir puis me réveiller dans les bras de Tom n'est pas quelque chose qui m'arrive tous les jours et, oui… c'était vraiment bien. C'était même mieux que cela. Et voilà pourquoi, pendant tout le trajet jusqu'à la fac, je me pose des milliers de questions et à la fin de la matinée, elles continuent de tourner en boucle dans ma tête… Est-ce que je n'ai pas fait une bêtise en le laissant dormir chez moi… avec moi ? Est-ce que je n'ai pas commis la première erreur en lui ouvrant ma porte hier soir ? Pourquoi me réveiller dans ses bras ne m'a pas paru bizarre ? Et si je suis honnête avec moi-même, j'ai trouvé ça naturel. Est-ce que je suis complètement inconsciente ? Oui certainement, puisque je continue à le côtoyer, alors même que je sais que cela me met dans une situation de merde vis-à-vis de Meg. Mais, je ne sais pas… Je l'aime bien. Et puis, c'est sympa quand on est ensemble. Ouais, je l'aime bien. Peut-être un peu plus que ce que je veux bien me l'avouer. Je n'ai pas besoin de ça. Non, je n'ai pas besoin de ça. La prochaine fois qu'il frappe à ma porte, je n'ouvre pas. Il restera sur le palier. Rentrera sagement chez lui. Et je serai tranquille de mon côté. Pas d'embrouilles. Pas d'implication. Voilà, c'est ça. Je vais faire comme ça. Plus question de lui ouvrir la porte. *Plus. Question. De. Lui. Ouvrir. La. Porte.*

Je marmonne mon nouveau mantra en avançant sans vraiment voir où je vais. Bien entendu, marcher comme une somnambule est le meilleur moyen d'avoir un accident et c'est exactement ce qui m'arrive. Je percute quelqu'un.

— Jay ! Je te cherche depuis des heures !

Je suis soulagée de n'avoir bousculé que ma meilleure amie. Bien que j'aurais préféré éviter. Pas l'éviter, elle, mais avoir la tête ailleurs et surtout, que ce soit si évident. Je lui souris pour donner le change, et je croise les doigts très fort pour que cela marche.

— À quoi tu penses, tu as l'air complètement ailleurs ? Avant de démarrer la première heure de cours, tu es passée devant moi sans même me calculer et pourtant, tu ne pouvais pas me rater ! J'ai fait quelque chose...

— Non ! m'exclamé-je en peu trop fort en me morigénant intérieurement de ne pas avoir été plus attentive en arrivant ce matin.

Ma meilleure amie fronce les sourcils et m'adresse un regard inquiet.

— Alors qu'est-ce qui se passe ? J'ai du mal à te reconnaître ces derniers temps ! Je sais qu'on en a déjà parlé, mais je ne peux pas m'empêcher de penser que tu ne vas pas bien.

Cela me fait mal de la savoir anxieuse à mon sujet et de ne rien pouvoir lui dire. Cela me fait mal de lui mentir. Je me sens minable et je me déteste un peu plus lorsque je lui réponds :

— Je suis fatiguée en ce moment. Il y a une somme de travail monstrueuse à fournir pour les cours ce semestre et je n'y étais pas préparée. Comme tu le sais, j'ai même été obligée de demander à Hank un congé exceptionnel parce que je n'arrivais pas à tout gérer.

— Ne m'en parle pas ! De mon côté, c'est pareil et il y a même des fois où Xander est obligé de me réveiller parce que je me suis endormie le nez sur mes bouquins, réplique-t-elle d'un air épuisé.

Intérieurement, je suis soulagée que mon explication lui convienne. Dans le cas contraire, je ne suis pas sûre de pouvoir continuer à me taire. Heureusement, les cours ont bon dos, même si j'aurais pu trouver une meilleure excuse. J'ai énormément de travail, certes, mais j'apprends vite et je suis quelqu'un d'organisé, de ce fait, j'étale tout ce que j'ai à faire et je me retrouve avec une charge de travail plus supportable, à défaut d'être réellement diminuée. En même temps, il vaut mieux que je le sois, vu les imprévus auxquels j'ai dû faire face dernièrement.

— Dis-moi que tu n'as pas déjà mangé ? reprend soudain ma meilleure amie, et au regard qu'elle me lance, sa question a tout l'air d'être une supplique.

— Euh, non...

— Super ! Je suis affamée et je me voyais mal aller toute seule au Parish.

— Le Parish ? Carrément ? Tu n'as pas trouvé plus loin de la fac ?

— Oh, allez ! S'il te plaît ! Ce n'est qu'à trois miles et j'ai une de ces envies d'un de leurs sandwiches au bœuf !

Je regarde Meg d'un air étonné, c'est la première fois qu'elle est au bord de me faire un caprice pour aller déjeuner. Mais bon, nous ne nous voyons pas beaucoup ces derniers temps alors je suppose que nous pouvons aller prendre notre repas dans ce bistro chic. Et ma meilleure amie n'a pas tort, leur bouffe est à se damner ! Je jette un œil sur l'horloge de mon smartphone et compte le temps qu'il nous faut pour un aller-retour à Back Bay, puis je glisse mon bras sous celui de Meg et l'entraîne vers Kenmore Square afin d'attraper le tramway.

Le sandwich est bon, mais je n'ai pas vraiment faim. Meggie babille depuis que nous sommes parties du campus, mais j'avoue que parfois, je perds un peu le fil de la conversation. Alors, je passe en mode automatique, hoche la tête à intervalles réguliers et l'interromps à grand renfort de « Ah ouais ? », « Non, tu veux rire ? » et « Tu as raison ».

Je sais que c'est vraiment minable, mais je n'y peux rien, impossible de me concentrer. Bien entendu, je suis consciente que si je continue comme ça, Meggie ne va pas manquer de me poser des questions et ... Rhaaa ! Pourquoi faut-il que je pense sans arrêt à ma nuit avec son frère ? C'est à en devenir chèvre !

— Qu'est-ce qui est à en devenir chèvre ? me demande tout à coup ma meilleure amie.

J'écarquille les yeux et fixe Meg en prenant conscience que j'ai parlé tout haut.

OK. Au temps pour la discrétion, Jayla. Comment je fais pour rattraper ça, maintenant ?

Pendant que je me fustige intérieurement, Meg prend son verre et boit quelques gorgées d'eau, tout en levant un sourcil moqueur.

— J'imagine que tu n'as pas écouté un mot de ce que j'ai dit, n'est-ce pas ?

— Excuse-moi, Meggie. Je… je ne sais pas comment me faire pardonner, balbutié-je, ne pouvant faire autrement que me confondre en excuses.

— Ça va, je ne suis pas vexée. Mais ce n'est pas ton genre d'être complètement à l'ouest, alors si tu me racontais ce qui ne va pas ?

Ton frère est vivant, il se trouve qu'il est mon voisin et qu'il a dormi avec moi la nuit dernière. C'est pas rigolo, ça ?

J'imagine que ce n'est pas la meilleure façon de lui apprendre la nouvelle et encore moins l'endroit. Ne parlons même pas du timing de merde. Encore que je ne sois pas persuadée qu'il y ait un moment rêvé pour lui faire cette annonce. Du coup, je réfléchis un instant et lâche :

— J'ai une collègue, au centre de soutien qui a un problème. Non pas que ce soit un problème du genre insoluble, mais quand même, il vaut son pesant de cacahuètes.

Meg met ses coudes sur la table et pose son menton dans ses mains, un sourire aux lèvres.

— Je n'aurais jamais cru qu'un tel moment arriverait, murmure-t-elle. Jouer les psys à ta place, c'est... bizarre et en même temps tellement excitant !

Je lui lance un regard noir.

— C'est bon, c'est bon, je me tais ! J'espère simplement que je serai à la hauteur, s'excuse-t-elle sans même cacher la malice qui illumine ses yeux gris.

J'ignore son sourire en coin et reprends. Maintenant que j'ai commencé mon bobard, autant aller jusqu'au bout. Je suis sûre qu'après ça, je brûlerai en enfer pendant des millénaires pour avoir menti.

— Donc ma collègue... Sophia..., a fait la connaissance d'un type qui vit près de chez elle, dans son quartier en fait. D'après ce qu'elle m'a dit, c'est le genre de mec craquant, plutôt beau gosse, marrant, cultivé. Seul problème, c'est qu'il est... attends, je cherche le mot juste...

— Pervers ? Unijambiste ? Il a des tocs ? m'interrompt-elle avant de murmurer sur un ton rêveur « Un unijambiste pervers qui souffre de TOCs... Le pauvre garçon n'est vraiment pas gâté. »

Je lève les yeux au ciel, blasée.

— Si tu veux que je te raconte mon histoire, commence par te taire !

Plissant les yeux, elle se redresse et se laisse aller contre le dossier de sa chaise, les bras croisés.

— Oh, mais c'est qu'on est grognon aujourd'hui...

Mon air pincé lui fait aussitôt hocher la tête et fermer sa bouche.

— Donc, cet homme n'est pas un pervers comme tu l'as si justement fait remarquer. Par contre, il est plutôt torturé, fragile émotionnellement et psychologiquement instable. Il a vécu des choses horribles et... il a des secrets. Ma collègue l'aime bien, elle le trouve attachant malgré tous ces petits côtés pour le moins gênants. Et elle m'a demandé des conseils sur la conduite à tenir, mais, j'avoue que je suis un peu perdue.

Voilà, c'est dit ! Je sais que ce n'est pas vraiment la vérité, mais au moins, j'ai pu lâcher ce que j'ai sur le cœur. Face à moi, Meg fronce les sourcils et me fixe d'un drôle d'air. Sous le poids de son regard intense, je me crispe imperceptiblement et je fais tout ce que je peux pour ne pas m'agiter sur ma chaise. Je n'aime pas être dévisagée comme elle le fait, c'est très déstabilisant. Au bout d'une éternité pendant laquelle j'ai l'impression de passer un examen radiologique, elle finit par se décider à parler :

— Voilà ce que je pense, Jayla. Tu devrais peut-être dire à ta *collègue* de faire attention à elle et de bien réfléchir avant de se lancer dans une relation. Parce qu'il y a une chose que ta *collègue* doit savoir : on ne peut pas sauver les mecs mignons et torturés. Je ne dis pas que c'est impossible, mais parfois s'engager dans ce genre de relation ne donne rien de bon. Je pense que c'est ce qu'il faut que tu dises à ta... *collègu*e.

À sa façon d'appuyer sur le mot collègue, je sais qu'elle sait que nous parlons en fait de moi. Mais je continue à feindre l'innocence. Si j'avoue que cette histoire avec Sophia est une invention de ma part, je connais Meg, elle voudra en savoir plus. Alors, je prends un air ultra pensif, attends quelques secondes puis hoche la tête d'un air approbateur.

— Oui, c'est bien ce que je me disais, je pense que je vais aller lui parler de ça. Merci, en tout cas, Meggie, tu m'as aidée à y voir plus clair.

Sur ces mots, je lui offre un sourire et mange un peu de mon sandwich pour donner le change.

Le reste du repas est plus détendu, je fais attention à me focaliser sur ma meilleure amie et à ne pas rater une miette de ce qu'elle me raconte et je m'extasie même lorsqu'elle me dit que très bientôt, les préparatifs du mariage vont pouvoir commencer. Bien entendu, elle aura besoin de moi pour pas mal de choses, en tant que témoin et meilleure amie, je vais être réquisitionnée et devoir donner de ma personne.

J'aimerais bien dire que je suis excitée comme une puce à l'idée de participer aux essayages, aux dégustations diverses et variées de gâteaux, des mets qui figureront sur le carte le jour de la cérémonie, mais je n'y arrive pas. Et même si je donne le change à merveille, mon esprit est ailleurs. Perdu quelque part entre « s'engager dans ce genre de relation ne donne rien de bon » et « j'aimerais qu'on devienne amis ».

Et plus que jamais, j'ai la certitude que quoi que je fasse, ce ne sera pas le bon choix.

Chapitre 31

Jayla

Je rentre plus tard que je l'avais prévu initialement. Mon dernier cours s'est terminé en milieu d'après-midi et alors que j'étais partie bosser à la bibliothèque, j'ai reçu un SOS du centre de soutien. Ironiquement, alors que j'avais parlé d'une collègue imaginaire pas plus tard qu'au déjeuner, l'une de mes consœurs, bien réelle celle-ci, s'est fait porter pâle et comme les autres bénévoles étaient déjà en poste et que d'autres étaient injoignables, c'est sur moi que le remplacement au pied levé est tombé. Bien que je ne m'en plaigne pas – j'adore mon job au dispensaire – j'avais espéré avoir un peu plus de temps pour moi. J'avoue que ce premier semestre est plus intense que je l'avais imaginé et l'approche des premiers examens n'est pas faite pour arranger les choses. Quoi qu'il en soit, c'est avec soulagement que je pousse la porte de mon immeuble. Il est 23 h et je rêve de m'écrouler dans mon lit après avoir grignoté quelque chose.

Je monte les deux étages avec empressement et arrivée devant chez moi, pousse un soupir de soulagement en mettant la clé dans la serrure. *Enfin à la maison !*

— Tu rentres tard !

Une main sur la poignée et l'autre plaquée sur la poitrine, je réprime un cri de surprise puis me tourne vers mon voisin, mon regard exprimant tout le bien que je pense de lui !

— Bon sang ! Ça t'arrive souvent de sauter sur les gens comme ça ? Non, ne réponds pas, marmonné-je, passablement agacée en levant une main alors qu'il est sur le point de parler. Depuis quand tu attends derrière ta porte ?

Il m'adresse un sourire désarmant et soudain je sais qu'en effet, il attendait mon retour. C'est juste flippant.

— Crois-moi, tu ne veux pas le savoir.

Ma mâchoire manque de se décrocher et je secoue la tête, désabusée.

— Tu sais que tu as tout du harceleur ?

— Excuse-moi, Miss Jayla, s'insurge-t-il, mais je n'ai rien d'un harceleur ! Je suis un... chercheur et toi, vois-tu, tu es un excellent sujet de recherches !

— Un excellent sujet de... Oh, Seigneur, pitié ! dis-je en levant les yeux au ciel.

— Pourquoi mêler le divin à ça ? Encore que, si c'est comme ça que tu veux m'appeler, je ne suis pas contre ! s'amuse-t-il.

Je croise les bras et lui lance un regard sévère.

— Écoute Tom, je suis crevée. Là tout de suite, j'ai juste envie de retrouver mon lit, alors sois gentil et dis-moi ce que tu me veux.

Son sourire disparaît aussitôt au profit d'un air soucieux.

Il m'observe quelques instants puis alors que je commence à m'impatienter, glisse un bras derrière sa porte, en récupère ses clés et verrouille son appartement. Puis, comme je continue à le fixer en me demandant ce qu'il fabrique, il marche vers moi, dégage ma main de la poignée, ouvre ma porte et me pousse sans ménagement à l'intérieur avant de me suivre et refermer derrière nous.

— Euh... Tu veux bien m'expliquer à quoi tu joues ? je râle, partagée entre l'étonnement et l'exaspération.

Sans un mot, il me prend par la main, m'entraîne à sa suite vers le salon, puis me fait asseoir d'autorité dans mon canapé.

— J'ai bien réfléchi toute la journée et j'ai un deal à te proposer.

Je soupire de lassitude. *Je veux juste être seule et dormir !*

— Ça ne peut pas attendre demain ?

— Non. C'est... important. Laisse-moi parler s'il te plaît.

Je le considère un instant et j'ai soudain la certitude que tant que je n'aurais pas accédé à sa demande, il ne me laissera pas en paix. Alors, je me contente de lui jeter un regard vide et hausse les épaules.

— Tu as deux minutes.

— Comme je te disais, j'ai eu le temps de penser à pas mal de choses aujourd'hui et voilà où m'ont menée mes réflexions : je souffre de séquelles de ma captivité, j'ai des cauchemars assez violents, tu en as toi-même eu la preuve. Sauf que je me suis rendu compte qu'il y avait un moment où justement je n'en faisais pas.

Je hausse un sourcil sarcastique.

— Quand tu ne dors pas ?

Son air revêche me fait me recroqueviller sur le canapé.

C'est qu'il a oublié d'amener son humour avec lui !

— Justement, le problème est là : je ne dors pas, ou alors très peu. Sauf...

Je le fixe, attendant la suite.

— Sauf ?

— Quand je suis avec toi.

J'avoue que parfois, j'ai du mal à le suivre. Je l'observe avec des yeux ronds, cherchant en quoi je peux bien être concernée par ses troubles du sommeil.

« *Sauf quand je suis avec toi.* », ces quelques mots me percutent de plein fouet et je sens mes mains devenir moites. Je me lève aussitôt, secouée d'un rire nerveux.

Cela ne peut pas être sérieux, si ?

— J'espère que tu n'es pas en train d'essayer de me dire ce à quoi je pense ?

Il hoche la tête, un petit sourire incertain flottant sur ses lèvres.

— Je suis venu te demander si tu voulais bien dormir avec moi.

Mon cerveau court-circuite et je ne peux que rester là, devant lui, les bras ballants.

— Je peux te payer si tu veux !

De mieux en mieux !

Je recouvre instantanément l'usage de la parole.

— C'est une blague, c'est ça ? Tu ne viens pas de me demander de dormir avec toi contre de l'argent ? S'il te plaît, dis-moi que j'ai mal entendu ?

— Euh... c'est bien ce que je t'ai dit, dit-il, le visage grave.

J'explose.

— J'ai l'air d'une prostituée ?

Face à moi, Tom blêmit puis il ouvre la bouche et la referme aussitôt, à court de mots. Hors de moi, je me lève et viens me poster juste devant lui, un doigt planté sur son torse.

— J'arrive pas à croire que tu me proposes un truc pareil ! Non, mais tu t'entends parler ? Je vais te dire un truc, mon grand : ton idée de génie, tu peux te la fourrer où je pense ! Et pendant que tu y es, rentre chez toi et oublie où j'habite !

— Jayla...

— Tais-toi !

— Mais je n'ai encore rien dit !

— Je m'en contrefiche, tais-toi !

Je le fusille du regard, mais au lieu d'être impressionné, ou tout au moins faire semblant de l'être, il éclate de rire.

— Regardez-moi ces petits poings serrés et ces yeux qui lancent des éclairs ! Tu sais que tu es mignonne quand tu es en colère ?

Sa réplique ravive ma rage et je recule d'un pas, ayant soudainement besoin de mettre de la distance entre ce rustre et moi. Mais je n'en ai pas pour autant fini avec lui, au contraire, je sens que cela ne fait que commencer. S'il croit que parce que je suis petite cela me rend inoffensive, il se trompe lourdement ! Je ne suis pas du genre à me laisser marcher sur les pieds et insulter, d'autres en ont fait l'expérience et ce n'est pas son mètre quatre-vingt-dix plein de muscles qui va changer la donne ! Non, mais je rêve !

Je pose les poings sur les hanches, relève le menton fièrement et braque dans le sien un regard habité par une colère froide.

— Alors comme ça, tu trouves que je suis mignonne quand je suis en colère ? Eh bien prépare-toi, Tom Connoly, car je suis sur le point de devenir *magnifique* ! je le menace d'une voix sourde.

Il se fige, surpris. M'observe avec attention. Puis hurle à nouveau de rire. Agacée, je commence à taper du pied. J'ai soudainement envie de le mordre et je dois prendre sur moi pour ne pas me laisser aller à ce genre d'instinct primaire. En plus, je risquerais de m'empoisonner.

— C'est bon, t'as fini ? je marmonne et le ton de ma voix lui fait immédiatement recouvrer son calme.

— Excuse-moi. Pour tout. Je te jure que ça sonnait autrement dans ma tête, je ne voulais pas te manquer de respect, Jay. Tu me crois ?

Je reste muette. Peut-être ne voulait-il pas me blesser, mais au bout du compte c'est exactement ce qu'il s'est passé. Tom franchit la distance qui nous sépare et fait la chose à laquelle je m'attendais le moins venant de lui : il me prend dans ses bras et d'un geste un peu maladroit, me caresse le dos.

Et comme la neige en plein soleil, je fonds.

— Tu me détestes ? murmure-t-il d'une voix enfantine qui m'arrache un sourire que je dissimule contre son torse.

Je soupire, feignant être encore énervée et laisse passer un peu de temps avant de répondre, juste pour le faire douter.

— Non, je ne te déteste pas vraiment. Mais si tu prenais feu et que j'avais de l'eau, je la boirais.

Tom se raidit. Aussitôt prononcés, je prends toute la mesure de mes mots. Horrifiée par moi-même, je passe mes bras autour de la taille de Tom et le serre de toutes mes forces, me maudissant de mon impulsivité. Comment ai-je pu lui dire ce genre de choses alors que c'est exactement ainsi qu'il a été torturé ?

— P...pardon, je ne voulais pas dire ça... Tom, je suis vraiment désolée ! je souffle d'une voix blanche, ne sachant que dire d'autre.

Contre moi, je le sens se détendre imperceptiblement et alors même que je m'en veux et que je me maudis encore intérieurement pour mon manque de délicatesse – ma méchanceté gratuite, si je suis honnête – il dépose un baiser sur le haut de ma tête.

— Un partout, Jay. Il faut croire que je l'ai bien cherché.

Sa voix étranglée de douleur me déchire le cœur. Les larmes me montent aux yeux, j'ai du mal à déglutir et *Oh Seigneur*, comme je m'en veux !

Nous restons ainsi, accrochés l'un à l'autre durant quelques minutes, le temps pour chacun de nous de panser ses blessures. Lorsqu'il relâche son étreinte, je file dans la cuisine et en reviens avec deux Bud. Je lui en tends une d'autorité.

— Une offrande de paix ? demande-t-il dans un pâle sourire.

— Oui. La bière de l'amitié...

D'un accord tacite, nous nous asseyons tous deux dans le canapé, et je me tourne pour lui faire face, les jambes en tailleur.

— Tu as vraiment des difficultés à dormir ? Je veux dire fréquemment ? je l'interroge d'une voix douce.

Il hoche la tête, l'air sombre.

— Je ne dors pas vraiment, en réalité. Je préfère ne pas le faire, sinon... c'est comme l'autre soir, lorsque tu es venue chez moi. Parfois, c'est moins fort, d'autres beaucoup plus intense. Mon esprit a la capacité effrayante de me faire croire que mes cauchemars sont réels. Je ressens tout. Dans ces moments, je ressens *tout*.

— Tu as peur de tes rêves ?

Il braque son regard dans le mien et j'y vois sa douleur, sa sincérité. Je le vois, *lui*.

Il boit une gorgée de bière sans me lâcher des yeux, comme pour me faire comprendre qu'il se met à nu et qu'il n'en a rien à faire de paraître faible.

— Oui, dit-il calmement. J'ai peur.

Sur une impulsion, je tends la main vers lui. Du bout des doigts, j'effleure son visage là où sa barbe dissimule la brûlure qui court de sa mâchoire à son cou et s'étend sous ses vêtements. Soudain, il attrape mon poignet et pose ma paume sur sa joue. Son regard est à la fois doux et accablé, terriblement triste. Je déglutis péniblement et d'un coup, je sais ce que j'ai à faire.

Je ferme les yeux un instant puis lâche un long soupir.

— Je vais t'aider à dormir, Tom, je chuchote d'une voix tremblante.

Il ne dit pas un mot, mais la gratitude dans son regard est bien plus éloquente que tout ce qu'il aurait pu me dire.

Un peu plus tard, alors que les lumières sont éteintes et que je suis dans mon lit, j'écoute la respiration calme de Tom. Je sais qu'en acceptant qu'il dorme avec moi, j'ai franchi une limite. Et je me demande à quel moment j'ai commencé à ne plus être agir avec lui de manière rationnelle. Parce que j'ai beau le nier, dès que je suis en sa présence quelque chose m'empêche d'être cohérente. Je navigue en pilote automatique, à l'instinct, et j'ai peur de voir où tout cela va me mener. *Nous* mener. Tout à l'heure, quand il a ancré son regard au mien, une petite voix m'a susurré au creux de l'oreille « Le jour où cette histoire prendra fin, ça va faire très mal ».

Je réprime un soupir. Le énième, en vérité. Près de moi, je sens Tom se tourner.

— Jay ? Ça va ?

Je hausse les épaules – en réalité, je ne sais pas si je peux répondre à sa question. Je suis perdue. Dans un regain étrange d'instinct de survie, je change de position et laisse de l'espace entre nous, j'ai besoin de ma zone de sécurité.

— Tom ? je chuchote au bout d'un long moment.

— Ouais ?

— Ne prends pas tes aises, ce n'est qu'une solution temporaire.

Chapitre 32 —
Tom

Je me lève et vais dans la cuisine. J'aime me réveiller de bonne heure, être le spectateur des premières lueurs de l'aube. Je me sers un café et me tourne vers la fenêtre, un sourire aux lèvres. Je me sens bien. Derrière moi, un léger bruit se fait entendre et je me retourne, prêt à saluer Jayla. Ma gorge s'assèche brusquement, ma main tremble autour de ma tasse, tant et si bien que je suis obligé de la reposer. Elle me rejoint d'un pas léger. Elle est gracieuse. Magnifique. Sans aucun vêtement. Immédiatement, je perds mes moyens et mon pote en dessous de ma ceinture me fait signe qu'il est totalement réveillé. Je passe une main nerveuse sur mon visage et regarde à nouveau Jayla. Pas à pas, elle se rapproche et je reste planté là, bouche bée, ne pouvant la quitter des yeux.

Lorsqu'elle se love contre mon torse, je retrouve subitement la parole.

— Alors... euh... J'ai remarqué que tu étais, genre... nue. Est-ce que c'est intentionnel ou... ?

Putain... Tuez-moi !

Je bégaie comme un gosse et j'ai l'impression de passer pour un crétin fini mais pour toute réponse, elle noue ses mains derrière ma nuque, se hisse sur la pointe des pieds puis pose ses lèvres sur les miennes. Je me fige un instant puis, n'y tenant plus, j'approfondis notre baiser dans un gémissement rauque. Son odeur sucrée me submerge, sa peau est douce sous mes doigts et son étreinte me fait perdre la tête. Je la soulève. Elle enroule ses jambes autour de ma taille et Oh seigneur, *je crois que je n'ai jamais été aussi fébrile. Sans attendre, je nous ramène dans la chambre.*

Mon cœur bat la chamade alors que je la pose sur le lit et de nouveau, je ne peux m'empêcher de frotter une main sur mon visage. Lorsque je repose mon regard sur elle, le sourire qu'elle m'offre m'achève. Alors, tremblant comme un môme de quinze ans, je saisis rapidement le bas de mon t-shirt et le retire, puis mon pantalon subit le même sort. Rapidement, je m'étends près d'elle et ma bouche retrouve sa peau veloutée, traçant un chemin de baisers sur son visage, mordant son cou dans un grognement avide. Elle me rend fou. Lorsqu'elle essaie de passer ses bras autour de moi, je les lui attrape et les maintiens d'une main ferme au-dessus de sa tête. Son regard couleur whisky s'embrase, me fait perdre la raison et sans attendre, je me penche vers elle et l'embrasse une nouvelle fois.

Notre baiser se fait urgent, presque brutal et je plonge dans la moiteur de sa bouche mêlant ma langue à la sienne. Une plainte rauque lui échappe et je romps le contact, juste le temps de reprendre ma respiration. Puis mes lèvres glissent sur son menton, vers son cou, sa poitrine jusqu'à ce que mes dents rencontrent le renflement de ses seins, leurs pointes dures et érigées. Dans un sourire, je les prends dans ma bouche et les tire, les aspire, les mords juste assez fort pour voir un frisson parcourir sa peau y. En réponse, elle arque son dos dans ma direction et d'un mouvement fluide, je passe mon bras dessous, l'attirant au plus près de moi tout en lui dévorant les seins. Je suis affamé. Et elle, brûlante, impatiente. Un long gémissement s'échappe de sa gorge, elle libère ses mains et les plonge dans mes cheveux. Sa respiration est haletante. Quant à moi, j'en veux plus. Elle me tire les cheveux dans un geste fiévreux et me fait relever la tête.

— Tom, dit-elle entre deux souffles saccadés.

Je lui offre un sourire carnassier.

— Économise ton souffle ma belle, tu vas en avoir besoin, lui ordonné-je avant de fondre à nouveau vers elle et déposer une ligne de baisers brûlants de son oreille jusqu'à son cou.

— Tom, répète-t-elle, sur un ton urgent. Lorsque je t'ai dit que j'étais OK pour t'aider à dormir la nuit, je ne voulais pas dire comme ça !

Le souffle court, j'ouvre les yeux et fixe le plafond. *Waouh. Quel rêve...*

Je me tourne sur le côté avec mille précautions et grimace en sentant une érection plus que conséquente. *Putain de rêve !* Jayla est tout contre moi. Elle dort à poings fermés. Elle porte un pyjama rose. Elle aime le rose. Je souris lorsqu'elle laisse échapper un ronflement et si je touche mon t-shirt un peu en dessous du col, je suis presque sûr qu'il sera mouillé. Jayla bave dans son sommeil.

À présent, il y a tout un tas de choses que je connais d'elle : elle s'endort dès que sa tête touche l'oreiller, de préférence, le plus loin possible de moi. Sur le ventre, une main sous son coussin, sa jambe droite pliée, un pied à l'extérieur de la couette. Et alors qu'elle s'évertue à garder une distance de sécurité entre nous, elle se retrouve dans mes bras tous les matins. J'aime me réveiller ainsi, sentir son souffle dans mon cou. En quinze jours de va-et-vient entre nos deux appartements, j'ai découvert qu'elle était du genre grognon le matin, qu'elle aimait son café noir, corsé, sans sucre. Qu'elle a du mal à aligner deux mots avant d'avoir pris son petit-déjeuner. Je connais sa couleur préférée, son plat favori, sa pointure de chaussures. Son livre de chevet du moment. Le nom de son parfum. Le contenu de ses cours. D'ailleurs, nous avons même convenu d'un nouveau deal, je l'aide à préparer ses exams, elle me fait réviser mes cours par correspondance. Je dors chez elle un soir sur deux, elle dort dans mon lit le reste du temps.

En deux semaines, je n'ai plus eu un seul cauchemar et si jamais l'un d'eux essayait de se pointer et de me torturer, la présence de Jay, à elle seule, m'en protège. Cependant, ils ont fait place à d'autres sortes de rêves. Des rêves où Jay et moi sommes plus proches, plus intimes et celui d'aujourd'hui était le plus intense de tous.

Je coule un regard vers elle et immédiatement, mes pulsations accélèrent leur rythme. Je ne sais pas si c'est gênant, à vrai dire, je ne sais même pas pourquoi je suis dans cet état. Tout ce dont je suis sûr c'est que c'est devenu récurrent, et que j'aime cette sensation. J'aime être avec elle – et ce truc entre nous. Mes journées sont plus gaies et je me sens plus léger. Plus fort. Mais nous ne sommes pas ensemble. Où en sommes-nous, alors ? Moi-même, je n'en sais rien. Juste… Je suis bien.

Je continue de l'observer. Même dans son sommeil, elle est jolie. Et même plus que cela. Un sourire ourle ses lèvres pulpeuses et j'éprouve un mal fou à me retenir de l'embrasser. Ça, c'est un problème. Pourquoi ? Parce que si je le fais, je ne suis pas certain d'être capable de m'arrêter. *Voilà.* Quant à ce qu'elle en pense, je n'ai pas assez de cran pour lui poser la question. Je ne veux pas qu'elle finisse par tout arrêter si elle s'imagine que ce qu'il y a entre nous prend trop de place.

J'ai encore besoin de ça. D'elle.

Je commence à réaliser qu'il y a une différence entre désir et besoin. Entre vouloir quelqu'un et avoir besoin de quelqu'un. Le problème, c'est que je suis victime des deux. Je désire Jayla, Seigneur, c'est fou comme je la désire ! Mais je m'aperçois que j'ai besoin d'elle aussi. Et que j'aime cette sensation d'avoir besoin d'elle. C'est... je ne sais pas, c'est juste important.

Elle s'agite contre moi et je me redresse sur un coude, le sourire aux lèvres.

— Hey, ma beauté, bien dormi ?

Ses magnifiques yeux ambrés s'ancrent aux miens et pendant un moment, plus rien d'autre que nous n'existe. Un sourire tendre se dessine sur ses lèvres et alors qu'elle est encore pleine de sommeil, je la trouve sublime. Elle cille et mon souffle est suspendu aux battements de ses paupières. Mon rythme cardiaque ralentit puis repart dans une course folle. Peu à peu, je me sens succomber. Lentement, je me penche vers elle et de ma main libre, lui remets une mèche derrière l'oreille puis lui dépose un baiser sur le haut du crâne.

Avant de craquer, je m’éloigne à nouveau et m’étire un peu, conscient du regard de Jayla qui pèse sur moi. *On a dit amis. Garde ça en tête. A.M.I.S, me rappelle mon cerveau.*

— Petit-déjeuner ? je lance sur un ton exagérément joyeux en me levant d’un bond.

Elle hoche la tête tout en grognant.

— Café noir, toasts, œufs et bacon ? demandé-je juste pour la forme.

— Mon héros, croasse-t-elle. Continue comme ça et il se pourrait bien que je te garde…

La seconde suivante, nos regards se croisent et je peux voir que Jay est tout autant surprise que moi par ses paroles. Le trouble m’envahit soudain, mais je n’en laisse rien paraître : parfois au réveil, quand on a encore l’esprit embrumé, on dit des choses étranges. Et puis, je dois me raccrocher à notre deal. Nous sommes de simples amis.

Mais de simples amis ne se regardent pas comme ça.

Chapitre 33 — Tom

Depuis que Jayla m'a rejoint dans la cuisine, l'ambiance est lourde et, l'un en face de l'autre, nous déjeunons en silence. Elle s'est assise sans un mot et picore dans son assiette du bout de la fourchette. Pourtant, à son réveil, tout semblait aller pour le mieux.

Je soupire, ses yeux croisent les miens puis elle les tourne dans l'autre sens. Je repose ma fourchette et avale ce que j'ai dans la bouche. Le stress monte d'un cran, je n'aime pas ça.

— Bon. C'est quoi ton problème, Jayla ? lâché-je sèchement.

— Rien.

Rien. Je rêve. Elle fait clairement la gueule et il n'y a rien.

Je serre les poings et m'exhorte à la patience. Les femmes...

Le regard obstinément tourné vers la fenêtre, elle semble plongée dans la contemplation du ciel. Il est gris et je ne vois pas ce qu'elle peut lui trouver de si fascinant. Elle m'évite clairement, il n'y a pas d'autres options possibles. Le silence dure des plombes et je finis par en avoir assez. Je me lève et mets mon assiette dans l'évier, arrange les pots d'épices sur leurs étagères. C'est la différence entre chez elle et chez moi : il y a toujours un truc à remettre en place. Ce n'est pas qu'elle soit désordonnée, c'est juste que moi, je ne possède pas autant de conneries.

Stop. Ça ne peut plus durer. Je déteste quand elle est comme ça.

À son tour, Jayla se lève et débarrasse son côté de l'îlot. Elle s'approche de l'évier, mais je ne fais pas un pas pour lui laisser la place. L'air agacé, elle me jette un bref regard de reproches.

— S'il te plaît. J'aimerais mettre ça...

Je lui prends l'assiette, la pose derrière moi et d'un geste vif, je prends ses mains dans les miennes pour l'obliger à entrelacer ses doigts avec les miens.

— Il faut qu'on parle, grondé-je d'une voix sourde.

Les yeux de Jayla passent de nos mains à mon visage, et le choc mêlé d'appréhension que je lis sur ses traits me fait chanceler. Cependant, il est grand temps que nous ayons une discussion.

— Qu'y a-t-il ? chevrote-t-elle.

Je lâche une de ses mains et pointe du doigt la distance entre nous.

— Ça, Jayla. Ce truc. Nous.

Elle laisse échapper un petit cri étranglé et de nouveau son regard me fuit. Tant pis, je continue.

— Je ne veux plus être ton ami. Ce rôle ne me suffit plus. Je veux plus.

— Pourquoi ? souffle-t-elle et ses prunelles couleur whisky sont à nouveau ancrées dans les miennes.

— Quoi, pourquoi ? Je ne sais pas, moi ! Parce que c'est comme ça ! lancé-je, excédé. Qu'est-ce que tu veux que je te dise ? J'ai besoin de plus, parce que je suis bien avec toi, parce que tu me fais rire, parce que tu m'apaises et bordel, parce rien que te regarder me rend fou. Parce ton rire m'apporte de la gaieté, ton parfum me donne des envies de te dévorer, parce ce que ... parce que c'est comme ça ! Jay, je veux qu'on soit ensemble.

Elle secoue la tête avec véhémence.

— Tu dois arrêter ça, Tom !

— Pour quelles raisons ?

Elle lève les sourcils d'un air ironique, mais au tremblement de sa bouche, je prends conscience qu'elle est terrifiée par ce que je viens de balancer à ses pieds. Elle est comme ça, apparemment forte, mais terriblement vulnérable. Elle cache cette part d'elle derrière une façade haute en couleur. Elle semble sûre d'elle, mordante et elle vous dira le contraire, mais elle garde son cœur tendre pour qui sait la percer à jour.

— Parce que... tes mots me donnent envie... J'ai envie que tu m'embrasses et...

Je m'exécute dans la seconde.

Je lâche sa main et me penche vers elle pour prendre son

visage en coupe puis effleure ses lèvres des miennes. Ce simple contact me fait frémir des pieds à la tête. Comme par magie, ses doigts sont sur ma peau, son pouce glisse sur le côté de ma joue, là où se cachent mes cicatrices et son toucher est tremblant et si délicat. Pendant un instant, j'ai l'impression qu'elle cherche à me les effacer, à me guérir et une sensation de chaleur prend racine dans ma cage thoracique, les battements de mon cœur redoublent d'intensité. Je romps le contact et m'éloigne un peu pour lui demander la permission de continuer, mais lorsque je plonge mon regard dans le sien, tout semble se mettre sur pause.

Les doigts de Jayla semblent suspendre leur caresse, ses yeux ne cillent plus, elle retient son souffle... Je retiens le mien, mon pouls ralentit puis reprend sa course. Nous avons arrêté le temps – j'en suis sûr. Je l'ai senti. Le temps d'un battement de cœur. Et tout ce que je vois, c'est son regard. Mordoré, honnête, limpide. Et j'y lis toutes ses pensées, ses interrogations, ses peurs. J'y aperçois son âme. Et lorsque ses lèvres se reposent sur les miennes avec plus de force, à travers le goût de paradis de notre baiser, je comprends enfin ce qu'elle attend de moi. Alors, je me détache doucement d'elle, presse mon front contre le sien et prends une profonde inspiration puis je fais un pas en arrière.

Un pâle sourire sur les lèvres, Jayla me fixe avec intensité, sa tête encore légèrement inclinée sur le côté.

— Appelle-la, je finis par lui dire dans un souffle.

— Tu en es sûr ?

— J'ai déjà trop attendu, tu ne crois pas ?

Je marque une pause, comme pour peser la portée de mes mots puis je hoche la tête.

— Fais-la venir, lui répété-je d'une voix plus assurée.

Chapitre 34

Jayla

Seule dans ma chambre, je fixe l'écran de mon smartphone. Cela fait au moins trois fois que je tape un message et que je l'efface. Je ne pensais pas que ce moment arriverait si vite, même s'il était inévitable. En réalité, je ne pensais pas non plus que les choses allaient tourner de cette manière, que ce serait si… difficile.

Quoi ? Tu n'allais pas le garder pour toi Ad Vitam ?

Bien évidemment, je ne suis pas aussi égoïste, mais si je suis complètement honnête envers moi-même, partager ce secret avec Tom avait quelque chose de spécial. Et maintenant que la vérité doit éclater au grand jour, une part de moi refuse cette échéance. Car après tout, ne dit-on pas « *Pour vivre heureux, vivons cachés* » ? Et c'est vrai, j'étais heureuse de garder pour moi ce que je vivais avec Tom. Personne ne pouvait se mettre entre nous – bien qu'il n'existe aucun *nous*.

Je lâche un soupir, effrayé par mes propres pensées. Depuis quand suis-je ainsi ? Depuis quand ne pensé-je qu'à moi, à mon petit confort, à mes intérêts personnels ?

Oh ! Tu fais quoi là ? Depuis quand tu vires dans le mélo ?

Depuis le départ, je n'ai cessé de reprocher à Tom de m'avoir mise en situation de porte à faux et à la première occasion, je trahis mes propres principes.

Je reporte mon attention sur ce foutu téléphone et tape un SMS.

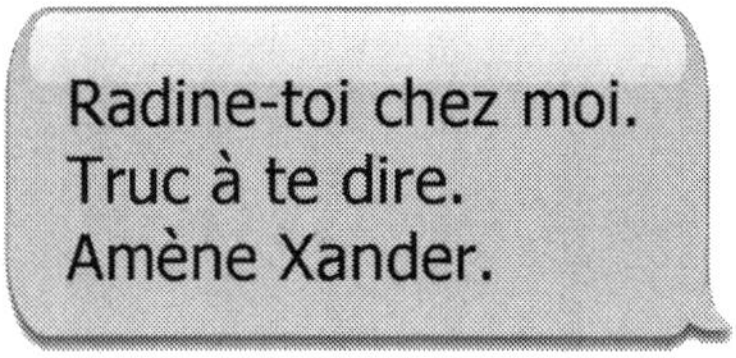

Puis j'appuie sur le bouton envoyer. Je laisse échapper une longue respiration tremblante et m'aperçois au même moment que j'avais retenu mon souffle le temps d'écrire le message.

La réponse ne tarde pas à arriver.

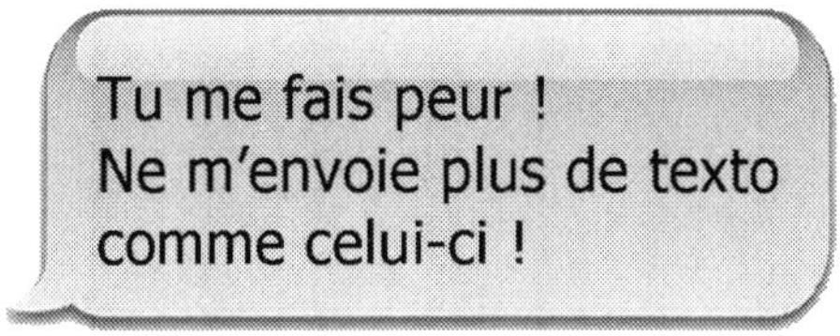

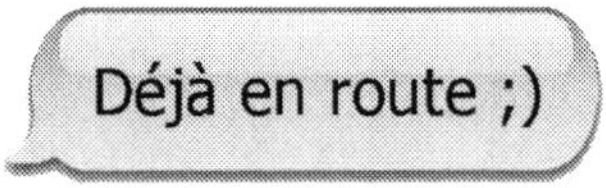

Voilà, c'est fait. J'ai fait ce que Tom m'a demandé, j'ai donné rendez-vous à sa soeur. C'était ce que j'aurais dû faire depuis longtemps. C'est mieux ainsi.

Je me répète ces quatre phrases comme un leitmotiv pour faire disparaître toute cette culpabilité qui me noue le ventre depuis que je suis debout. Je me les répète, encore et encore. Et honnêtement, je ne me sens pas mieux.

Je retire mon pyjama, enfile une tenue confortable et file dans la cuisine afin de prévenir Tom de l'arrivée imminente Meggie. Je m'occupe les mains en sortant des boissons et des biscuits salés, plus quelques chips. Puis je me fige en me demandant si je n'en fais pas un peu trop. Il est peut-être trop tôt pour faire un apéro. Et peut-être aussi que se réunir autour de bières et de petits gâteaux est un poil déplacé.

Peut-être que je devrais m'en tenir au café ?

Mes mains tremblent et une soudaine bouffée d'angoisse me submerge. Je me retrouve au bord des larmes, à regarder d'un air dévasté mon plateau sur lequel j'ai disposé des trucs pour grignoter, alors que Meg va arriver ici et découvrir que son frère est bien vivant et… *Je ne suis pas prête.*

Ma respiration s'accélère et mon cœur se contracte si fort qu'il m'en fait horriblement mal. Une goutte de sueur coule désagréablement dans mon dos, puis une autre et je frissonne. Je commence à paniquer. Les larmes dévalent mes joues et je dois m'accrocher au bord de l'îlot central pour ne pas tomber tellement je tremble.

Soudain, des bras solides et chauds m'entourent et je me retrouve bercée contre le cœur de Tom. Il s'est assis et je suis sur ses genoux, sa main caresse tendrement mes cheveux et l'autre me maintient serré contre lui.

— Ça va bien se passer, Jay. Tu as été géniale tout ce temps. Je le sais, Meg en est consciente. Elle comprendra, c'est sûr. Ça va aller, me chuchote-t-il au creux de l'oreille.

Je prie pour qu'il ne se trompe pas, que ma meilleure amie ne m'en voudra pas à mort. Je savais que ce moment allait arriver. *Je ne suis pas prête.*

Morte d'appréhension, je sèche mes larmes et me remets sur mes pieds. Je prends le plateau et vais le poser sur la petite table du salon. Je reste debout près du canapé, regardant tantôt dehors, tantôt en direction de la porte. Les minutes s'égrènent, je ne crois pas qu'il y en ait eu de plus longues tout au cours de ma vie. C'est une véritable torture. Je suis du style à penser qu'il faut retirer le pansement d'un coup, alors devoir subir ce genre d'attente m'angoisse profondément. Des milliers de questions s'entrechoquent dans mon esprit et j'évite de leur donner des réponses : elles ne seront pas des plus positives, j'en suis sûre. Je me repasse le fil de ces dernières semaines, me fustigeant de m'être tue. J'aurais dû écouter mon instinct. J'aurais dû. Mais je ne l'ai pas fait.

On frappe à la porte. Mon cœur fait un bond dans ma poitrine et ma gorge se serre. C'est le moment. J'inspire un grand coup et vais à l'entrée. Dans ma paume trempée de sueur, le métal de la poignée me semble plus glacé que d'habitude et c'est d'un geste mal assuré que j'ouvre à mes amis.

À partir de cet instant, tout semble se dérouler selon une perspective différente. C'est… comme si j'étais sortie de mon corps et que je me regardais accueillir Meg et Xander. Je suis littéralement guindée, mon visage figé dans une expression grotesque, les yeux exagérément écarquillés, le sourire faux. Meg me prend dans ses bras pour me saluer et je réponds à son étreinte d'un geste mécanique, tandis que Xander pose un regard surpris sur moi. Puis c'est à son tour de me dire bonjour. J'agis de la même façon, comme un robot et comme je me déteste d'être comme ça !

— Tu es sûre que tout va bien ? me chuchote-t-il à l'oreille avant de reculer d'un pas.

Je hoche la tête sans grande conviction, les observe tous deux... Je suis incapable de bouger. Je reste devant eux en me tordant les doigts comme une abrutie finie. Tout à coup, je ne veux pas aller dans le salon, je veux qu'ils ressortent de chez moi, qu'on oublie mon texto. Je veux être seule. Littéralement seule. Revenir des mois en arrière, ne pas signer le bail de cet appartement, rester chez papa et maman. Je veux effacer tout ce qui a pu se passer ces dernières semaines et surtout, je veux être ailleurs qu'ici parce que je sais qu'au moment où nous serons dans le salon, plus rien ne sera comme avant.

— Jay, ma belle... qu'est-ce qui ne va pas ? Tu me fais peur..., m'avoue Meggie en me regardant avec toute l'inquiétude du monde.

Comme un signal, ses mots me ramènent à la réalité. Je sors de ma torpeur et les invite à me suivre. Mon cœur marque le rythme de chaque seconde qui me rapproche de Tom et chaque seconde me donne encore plus la sensation que je vais vomir. Mon voisin est assis sur le canapé, la tête baissée, les mains jointes et pendant un court instant, j'ai le sentiment que lui aussi prie pour que ces retrouvailles se déroulent bien.

Je m'efface sur le côté laissant Meggie et Xander entrer dans le salon.

Au moment où Tom relève la tête, Meg pousse un cri étouffé. À lui seul, il traduit ce qui se passe dans l'esprit de ma meilleure amie lorsqu'elle le reconnaît. Peur, incompréhension, stupeur, espoir, soulagement, colère.

Je n'ose la regarder.

Alors, je me fais plus petite encore que je ne le suis déjà et retiens ma respiration.

Chapitre 35 — Tom

— Oh, mon Dieu... Tom ? C'est bien toi ? Dis-moi que c'est bien toi...

Je reste muet, ma bouche est trop sèche pour que je puisse sortir un son. Livide, ma sœur me fixe intensément, ses yeux gris écarquillés à l'extrême et soudain, elle vacille.

Je me lève d'un bond et cours vers elle. Mais avant que j'aie pu l'atteindre, Xander passe un bras autour de sa taille et l'attire contre lui dans un geste protecteur. Je me fige aussitôt. *Qu'est-ce qu'il fout là, lui ?*

— Je peux savoir ce que tu es en train de faire ? grondé-je d'une voix sourde.

Il relève la tête vers moi et me lance un regard froid.

— Tu crois vraiment que c'est le moment ?

Sans un mot de plus, il soulève Meg et la porte jusqu'au canapé, précédé de Jayla qui l'arrange pour le rendre le plus confortable possible. Je les observe, les bras ballants. Jay soulève les jambes de ma soeur et glisse dessous un des énormes coussins du sofa, puis Xander s'installe à côté de

Meg et lui caresse tendrement les cheveux.

Tendrement ? Mais bordel, il fait quoi, là ?

— Tom !

La voix de Jayla me semble venir de très loin.

— De l'eau. Tout de suite ! m'ordonne-t-elle sèchement.

Je m'exécute immédiatement. Lorsque je reviens dans le salon, Meg s'est assise. Elle semble si pâle et si fragile qu'un élan de culpabilité me coupe le souffle et je m'arrête une seconde avant de me souvenir que je dois lui donner à boire. J'avance, m'accroupis doucement face à elle et lui tends son verre d'une main tremblante. Elle le boit d'un trait et me le rend puis elle ferme brièvement les paupières. Lorsqu'elle les rouvre, ses prunelles grises me fixent avec autant de soulagement que d'incompréhension.

Je pose le verre au sol et attrape la main de ma petite soeur. Elle est glacée. *C'est de ma faute.* Je lâche un soupir et dépose un baiser sur le bout de ses doigts.

— Tu... Depuis quand es-tu rentré ? coasse-t-elle avec difficulté.

— Je suis rentré à Boston depuis environ un an...

Ses yeux s'emplissent de larmes et mon cœur est en miettes.

— Oh, murmure-t-elle simplement.

Je baisse le regard, incapable de supporter la lueur douloureuse dans le sien. À cause de moi. C'était une très mauvaise idée, je n'aurais pas dû demander à Jayla de l'appeler.

Je n'étais pas censé faire souffrir ma soeur, je voulais juste lui dire que j'étais vivant… que j'allais bien, en aucun cas lui faire du mal.

— Et… Où est-ce que tu vis ? reprend-elle d'une voix blanche.

Je me crispe et lui lâche la main. Puis je tourne la tête vers Jayla et je vacille un peu plus intérieurement. Son visage d'ordinaire si lumineux a pris une teinte presque grise, ses lèvres si souriantes sont réduites en une mince ligne et rien qu'à la regarder, je devine ce qu'elle ressent. Elle est dévastée. À cause de moi.

Je me relève et m'éloigne autant que je le peux d'elles. Je fais quelques pas vers la fenêtre, me donnant un peu de répit pour réfléchir à la manière la moins mauvaise de répondre à la question de Meg, et même si je sais que le mal est déjà fait, ce que je vais lui dire le rendra pire encore. Jayla m'avait prévenu. *Qu'est-ce que j'espérais ?* À nouveau, je leur fais face et je me déteste pour les mots que je vais prononcer et le mal qu'ils causeront.

— Dans l'appartement d'à côté.

Les filles restent muettes. L'une de stupeur, l'autre parce que je ne lui apprends rien.

— Tu veux bien t'expliquer, Tom ? Je crois que je n'ai pas bien compris, lâche Xander d'une voix dangereusement calme.

Je capte le mouvement du bras de Meggie, qui tâtonne à la recherche de la main de Xander, la trouve puis la serre convulsivement. Soudain, tout est clair : il est son roc, elle s'accroche à lui pour puiser force et courage. Il la protège. Quelque part, cela me soulage.

— C'est m…, intervient Jayla, comme je tarde à répondre.

Je l'interromps aussitôt, d'un geste impérieux.

— Jay, non. C'est à moi qu'il a posé la question. Reste en dehors de ça.

J'ai assez causé de souffrances.

— C'est un peu tard pour avoir des scrupules, non ? Apparemment, vous avez l'air de bien vous connaître, je me trompe ?

La voix de ma soeur claque sèchement. Devenues plus sombres, ses prunelles grises passent de Jayla à moi et je peux affirmer sans hésitation qu'elle a dépassé le stade de la colère. C'est bien pire que cela : elle est déçue.

— Laisse-moi t'expliquer Meggie..., commence Jay, d'une voix tremblante.

— Depuis quand es-tu au courant ?

Le soupir de Jayla est désespéré lorsqu'elle lâche d'une voix coupable :

— Un peu après que j'aie emménagé.

J'entends Xander jurer entre ses dents. Et bien que son « Putain d'enfoiré » ne me fasse pas plaisir, je suis bien plus préoccupé par ma soeur. Je ne pensais pas que quelqu'un puisse devenir aussi livide et pourtant, Meg est plus pâle que la mort. Elle se lève calmement du canapé et se tourne vers sa meilleure amie.

— Et tu ne t'es pas dit un instant que j'aimerais bien être au courant du fait que mon cher frère était bien vivant ? Chapeau pour la jugeote, Mademoiselle-je-veux-devenir-psy. Tu sais quoi ? Je m'attendais vraiment à mieux venant de toi. Mais bon, ce n'est pas comme si tu savais que Tom était mon jumeau. Oh, attends ! Mais, si, en fait tu étais au courant. Bien... j'imagine que tu ne seras pas surprise d'entendre que je ne veux plus jamais entendre parler de toi.

Jayla accuse le coup, mais ne bronche pas. J'imagine qu'elle connaît assez ma soeur pour savoir qu'une fois qu'elle prend une décision, elle ne revient pas dessus. Je suis navré pour elle et je donnerais n'importe quoi pour pouvoir éviter cette situation. J'imagine que si je l'avais écoutée depuis le début...

— Meg, ne blâme pas Jay pour ça. C'est moi qui lui ai demandé de ne rien dire.

D'un bloc, elle se focalise sur moi et lorsqu'elle me fixe, ses yeux brûlent de colère froide. Le rire sec qu'elle laisse échapper me glace.

— Ça, c'est trop fort ! C'est toi qui lui as demandé de se taire ? Mais quelle espèce de monstre d'égoïsme tu es, Tom Connoly ? J'ai du mal à te reconnaître. Je veux dire, tu t'étais déjà comporté plusieurs fois comme un véritable con, mais là, ça dépasse tout ! À aucun moment tu ne t'es demandé si tout ceci allait avoir des conséquences ? Oh, j'imagine que dans l'armée, ils vous apprennent à foncer tête baissée et à ne pas regarder les éventuels dommages collatéraux. J'imagine que c'est l'explication, sinon comment croire que tu n'aies pas envisagé qu'un tel secret pouvait détruire une amitié ? Tu t'es demandé un instant si elle allait être capable de porter le poids d'un tel secret sur ses épaules ? Visiblement, non, puisque tu n'as fait qu'agir dans ton intérêt. Et tant pis pour le reste, hein ? En attendant, je suis ravie de savoir que pendant que je croyais que tu étais porté disparu ou pire, vous étiez en fait en train de... fricoter tous les deux !

— Tu vas trop loin, Meg, la préviens-je, plus soucieux de l'effet qu'auront ses mots sur Jayla que de mon propre intérêt.

— Meg, ça suffit ! lui intime Xander sur un ton ferme.

Cependant, même s'il tente de stopper ma soeur, je peux voir à ses mâchoires serrées qu'il n'est pas loin de penser comme elle. Et, l'un comme l'autre, ils n'ont pas tort. Je n'ai pensé qu'à moi jusqu'à aujourd'hui.

Je baisse la tête et lâche un soupir accablé.

Jayla ne mérite pas ça.

— Ce n'est pas ce que tu crois..., je murmure avec lassitude.

— Parce que, maintenant, tu t'en soucies ? Pour info : c'est trois fois trop tard. Je ne sais pas qui t'a dit que tu pouvais agir comme ça avec les gens et faire comme s'ils n'avaient pas de sentiments. Je ne sais pas ce qui t'est arrivé, là où tu étais et bon Dieu, Tom, je n'arrive plus à savoir qui tu es ! Je ne pensais pas qu'un jour, je dirais ça, mais en ce qui me concerne, mon frère n'est jamais revenu.

Après avoir réduit mon âme en miettes, elle contourne la table basse et se dirige vers la porte du salon. Juste avant d'en franchir le seuil, elle nous fait face à nouveau.

— Puisqu'on est en pleine séquence révélations, en voilà une : je suis enceinte. Xander, je t'attends dans la voiture, je veux rentrer à la maison. Je n'en peux plus d'être dans la même pièce qu'eux.

La seconde d'après, la porte claque. Jayla s'effondre en larmes et moi…

Moi, je fais ce que je sais faire de mieux : je fuis.

Chapitre 36

Jayla

Je ne sais pas ce qui me porte le coup de grâce. La colère de Meg, le fait qu'elle ne veuille plus me voir, l'annonce glaciale de sa grossesse ou Tom qui rentre chez lui, me laissant seule avec le bordel qu'il a provoqué.

Je me laisse tomber sur le canapé et m'y recroqueville, laissant libre cours à mon chagrin. Depuis le départ, je savais que cela finirait ainsi. Je le savais et pourtant j'ai foncé tête baissée dans cette histoire. Et maintenant, ma meilleure amie ne veut plus me voir et je suis seule.

Une main se pose sur mon épaule et je découvre avec surprise que Xander est encore là.

— Je suis désolé, Jay. Vraiment désolé.

Je hoche la tête, incapable de faire autre chose. Puis mes pleurs redoublent. Sans dire un mot, Xander m'attire contre lui et me caresse gentiment le dos, dans un geste d'apaisement.

— Je... je n'ai jamais... V... voulu que ça se passe comme... comme ça, balbutié-je entre deux sanglots.

— Chuuuut... Je sais, ma belle, je sais.

— Elle me déteste..., gémis-je, en m'accrochant plus fort à lui et enfouissant mon visage contre son épaule.

— Vas-y, tu peux te moucher sur mes vêtements, ma grande.

Malgré moi, je laisse échapper un gargouillement étrange, quelque chose à mi-chemin entre le reniflement et le rire. Xander a toujours été comme ça, c'est un mec discret, mais il a toujours le mot pour détendre l'atmosphère.

— Je m'en veux, si tu savais !

Il lève les yeux au ciel puis les repose sur moi avec autant de sévérité que d'indulgence.

— Tu sais, ça ne sert à rien de t'en vouloir, le mal est fait. Mais je te crois volontiers lorsque tu dis que tu ne voulais pas que les choses se déroulent ainsi. Et je te connais assez pour savoir que si tu as pris la décision de ne rien dire à Meg, c'est parce que cela partait d'un bon sentiment. Malheureusement, comme tu le sais, l'enfer...

— ... est pavé de bonnes intentions. Oui je sais, tu parles d'une découverte ! marmonné-je d'une voix lasse.

— Comme tu dis. Quoi qu'il en soit, on en fait tous l'expérience un jour ou l'autre, tu ne crois pas ?

Je hausse les épaules, n'ayant pas forcément envie de me demander si oui ou non, les gens font des erreurs qui leur coûtent autant qu'à moi au cours de leur vie. Pour le moment, je me fous des autres. J'ai perdu ma meilleure amie. J'ai perdu cette espèce de truc qui existait entre Tom et moi – quoi que ce soit. Je suis seule. Et malheureuse comme jamais.

Je recommence à chialer. De nouveau, Xander m'attrape et me colle contre son col et son geste parvient à me faire sourire à travers mes larmes.

— Écoute, je vais lui parler, me promet-il sur un ton rassurant. Elle mettra du temps à se calmer – tu sais à quel point elle est têtue –, mais elle reviendra et te pardonnera. J'en suis la preuve, tu te souviens ?

Je hoche la tête, puis le remercie d'un sourire. Il reste encore quelque temps à me bercer contre lui, puis une fois certain que je suis calmée, il se relève.

— Je suis désolé de te laisser comme ça, Jay, mais il faut que j'aille rejoindre Meggie à la voiture. Je crois que j'ai besoin d'avoir une discussion avec ma fiancée, apparemment il y a des choses que l'on me cache à moi aussi.

Je fronce les sourcils, mais saisis assez vite de quoi il veut parler.

— Tu n'étais pas au courant ?

Il passe une main dans ses cheveux tout en faisant une grimace comique.

— Ben, non. Figure-toi que je l'ai appris en même temps que vous.

— Je suis désolée, je murmure en réalisant que cette annonce a été faite sur un coup de sang.

— Ce n'est pas de *ta* faute, Jay.

Sans qu'il ait besoin de prononcer son prénom, je comprends qu'il rejette la faute sur Tom et mon cœur se serre un peu plus.

— Il a vécu l'enfer, tu sais..., le défends-je malgré tout.

— Peut-être. Mais ce n'est pas une raison pour avoir agi comme il l'a fait.

Il dit vrai. Ce qu'a traversé Tom en Afghanistan, tout horrible que cela ait pu être, ne justifie pas ce qu'il a fait endurer à ses proches – ce qu'il *nous* a fait endurer. Je n'aurais pas dû me laisser embarquer là-dedans. C'est de ma faute si je me retrouve dans cette situation.

Je sens une vague de colère et de honte monter en moi et je préfère changer de sujet avant qu'elle ne finisse par me submerger.

— Et comment tu prends l'annonce de ta future paternité ? demandé-je d'une voix douce.

— Je ne sais pas encore. Bien, je crois..., répond-il dans un souffle avant de se mettre à sourire comme un idiot. Ouais, super bien, en fait !

Je me lève à mon tour, le prends par la main et l'escorte d'autorité jusqu'à la porte de mon appartement. Puis sans ménagement, je le pousse hors de chez moi.

— Va retrouver Meg, elle a besoin de toi.

Il me regarde en levant un sourcil amusé ; je lui souris puis lui claque la porte au nez.

Une fois seule, je cours m'échouer sur le canapé. Je n'ai plus envie de bouger, juste de pleurer. Je me sens tellement misérable ! Pourquoi n'ai-je pas écouté mon instinct ? Cela m'aurait évité de me retrouver comme maintenant, chez moi, seule, coupable, honteuse et le cœur en miettes. Ma meilleure amie ne serait pas partie de chez moi en se sentant tellement déçue et trahie qu'elle ne veut plus me voir. Je ne me serais pas laissée approcher par Tom, mignon, mais si torturé que le fréquenter est tout sauf une bonne idée. Bien entendu, je ne me serais pas attachée à lui. Au bout du compte, je m'aperçois que je suis infichue de faire les bons choix. Pourtant, il était évident que tout cela allait mal finir, même un imbécile aurait pu le voir. Donc, devenir psy, alors que je n'ai visiblement pas une once de jugeote ? Autant abandonner l'idée.

Je finis par me lever et vais dans ma chambre. Sans attendre, je me déshabille. Passe un pyjama. Lâche un soupir désespéré mêlé de sanglots et m'enfouis sous ma couette, à l'abri du monde extérieur.

Je ferme les yeux avec force, essayant de faire autre chose que chialer et surtout de tenir éloignés les événements d'aujourd'hui, puis j'essaie d'imaginer à quoi ressemblera ma vie, à partir de demain. Sans Meg. Sans Tom. Sans réelles perspectives d'avenir. Et la seule chose qui ressorte de cette introspection, la seule chose dont je sois sûre, c'est que je suis totalement perdue.

Oh, Seigneur, si seulement j'étais restée chez mes parents…

Jamais je n'aurais eu à affronter une telle situation et si cela avait été le cas, j'aurais eu quelqu'un vers qui me tourner. Maman m'aurait consolée – et gavée comme une oie, jusqu'à ce qu'on soit obligée de me pousser pour que je roule. Papa, lui, aurait été plus pragmatique : nous aurions discuté et il m'aurait conseillée. Ils me manquent.

Soudain, tout m'apparaît plus clairement. Je me relève, prends une grande valise dans laquelle je fourre la moitié de mon armoire. Puis je me rhabille, me chausse et mets mon manteau.

Au moment où je franchis le seuil de mon appartement, je me sens à la fois triste et soulagée. Profondément soulagée. Je soulève ma valise, puis descends l'escalier. Marche après marche, mon pas se fait plus décidé. Et lorsque, enfin, j'arrive dehors, je recommence à respirer. Alors, je pose mon chargement un instant, le temps pour moi de dissimuler mes yeux gonflés derrière des lunettes de soleil, puis je repars et hèle un taxi.

Chapitre 37 — Tom

Jayla est partie.

Après ce qui s'est passé chez elle, je suis resté cloîtré chez moi pendant deux jours. En y regardant de plus près, ce n'était pas l'attitude la plus mature qui soit, mais j'étais énervé, vexé comme un pou et en colère. La réaction de ma soeur m'a profondément blessé : même si je ne l'imaginais pas me sauter dans les bras au moment où elle me verrait, je n'avais pas prévu qu'elle m'envoie chier comme elle l'a fait. D'après moi, elle ne comprenait rien, ses mots étaient injustifiés – d'ailleurs comment pourrait-elle comprendre : elle n'a pas vécu ce que, moi, j'ai enduré. Puis, je me suis posé et ai pris le temps de réfléchir à tout ça et j'en suis arrivé à la conclusion suivante : même si cela me défrise de l'admettre en réalité, Meggie a parfaitement raison. Tout ce qu'elle a dit est vrai : je n'ai pensé à personne d'autre que moi depuis que je suis rentré du front. Il m'a fallu du temps avant de réussir à avaler cette pilule et une fois fait, je suis allé voir Jayla. D'une part, j'avais envie de lui faire part de mes réflexions, d'autre part, je voulais m'excuser de l'avoir mise dans cette situation et surtout, de m'être sauvé comme un lâche alors qu'elle aussi avait essuyé une tempête.

J'ai frappé chez elle. Sa porte est restée close. Je suis rentré chez moi et suis repassé deux heures plus tard, puis le lendemain. Et le jour d'après. Et cette foutue porte ne s'est jamais ouverte. Aucun bruit dans l'appartement.

Elle est partie.

J'aurais dû l'en empêcher. Encore aurait-il fallu que sache comment m'y prendre. Et surtout que je m'aperçoive de son départ.

Elle m' a abandonné.

Simplement, je ne peux pas l'accepter. Ça ne peut pas se terminer ainsi. Je dois lui dire que je suis désolé, que j'ai été le dernier des imbéciles. Je dois lui dire que je vais arranger tout ça. Je veux qu'elle revienne. Et c'est pour cela que je frappe à cette autre porte. Et que je continuerai à y sonner et à cogner comme un malade jusqu'à ce qu'on m'ouvre et tant pis si je dois m'y péter les phalanges.

Et enfin, mon vœu est exaucé. Xander sort de chez lui, la gueule en vrac et le regard furieux.

— Putain, tu sais l'heure qu'il est ? gronde-t-il.

Je ne prends même pas la peine de répondre. D'un geste sûr, je le pousse à l'intérieur, rentre à mon tour et referme la porte derrière nous.

Il me toise froidement, les bras croisés. Mais parce qu'il est deux heures du matin et qu'il est du genre à ne pas vouloir réveiller tout le quartier, et encore moins ma sœur– il reste immobile et silencieux. Je sais qu'il est en rogne, mais honnêtement, je n'en ai rien à foutre.

— Tu te crois où ? finit-il par me dire à voix basse.

— J'ai besoin de ton aide.

Xander lève les sourcils, stupéfait. Puis, il laisse échapper un rire incrédule.

— Pardon ?

— J'ai besoin de ton aide, je lui répète avec impatience.

Le coup qu'il me balance en plein visage me surprend par sa violence et sa rapidité. Je chancelle et me retrouve par terre avant de savoir ce qui vient de m'arriver. Devant moi, Xander grimace et secoue sa main. Je grogne autant de douleur que de surprise.

— Putain, mec, t'y as été fort ! dis-je en me frottant douloureusement la mâchoire.

— Pas assez, on dirait, puisque t'es encore en état de parler, lâche-t-il d'une voix bourrue.

Je me relève en soufflant puis lève les mains en signe de paix.

— Ça va, on va pas en faire tout un plat. Je viens pour discuter avec toi, pas pour qu'on se foute sur la gueule.

Il me lance un regard dubitatif et je comprends immédiatement que justement, il en crève d'envie et qu'il suffirait que je lui fournisse n'importe quelle excuse pour le faire. Cela m'étonne un peu, puisque j'avais toujours vu Alexander Laroche comme un gars pacifique, un geek complet doublé d'un gringalet. J'ignorais qu'il pouvait aussi faire preuve de violence. Comme quoi, on ne connaît jamais bien les gens.

— Crache le morceau, qu'on en finisse, Tom ! J'aimerais bien retourner me coucher avant que ta soeur ne se réveille et te trouve ici, en train de saigner du nez sur le carrelage.

Machinalement, je passe ma main sur mon visage et en effet, je pisse le sang. Je tâte ensuite les os de mon nez, mais il n'a pas l'air cassé. *C'est déjà ça.*

N'ayant rien à portée de main et Xander n'ayant pas l'air de vouloir bouger pour aller me chercher un torchon, je retire mon manteau tire sur la manche de mon t-shirt et l'arrache pour m'essuyer la figure.

— Merci pour le soutien, je marmonne, fâché d'avoir abîmé mon vêtement.

— De rien, princesse, rétorque-t-il, plein de sarcasme.

À une époque, il était mon meilleur ami. Aujourd'hui, j'ai bien l'impression que c'est de l'histoire ancienne. Je me sens subitement abattu, même si je sais que je suis responsable de la situation, ça fait toujours bizarre de se sentir seul contre tous.

Je secoue la tête, désabusé.

— Xander, je ne serais pas ici si j'avais le choix.

— Je le sais bien et c'est justement ce que je te reproche. Ce que *nous* te reprochons tous. Bon sang ! À quel moment as-tu oublié que quoi que tu fasses, tu as une famille ? Tes parents auraient pu t'aider. Et ta soeur ? Tu y as pensé ? Et... moi ? Je suis un étranger ? On se connaît depuis toujours !

Il soupire longuement tout en continuant à me fixer. La lueur de tristesse dans son regard me surprend tellement qu'elle me fait vaciller à nouveau. Visiblement inquiet, Xander franchit la distance qui nous sépare et m'attrape par le coude.

— J'ai dû frapper plus fort que ce que je croyais...

Je ricane amèrement. Ce n'est pas tant le coup en lui-même, que la blessure qu'il a infligée à mon ego qui me fait le plus mal.

— Allez, reprend-il. Viens t'asseoir dans la cuisine, on va te mettre de la glace sur la figure et tu vas m'expliquer pourquoi exactement tu es chez moi en plein milieu de la nuit.

Je tourne le regard vers lui, étonné, mais ne dis rien. Je me laisse conduire sans résister. Xander me fait m'installer sur une chaise et me sort un sachet de petits pois.

— Merci, lui dis-je en appliquant le sac sur mon visage.

Immédiatement, la morsure du gel me fait gémir.

— Un ton plus bas, fillette ! gronde-t-il d'une voix sourde. Ta soeur est en train de dormir, je te le rappelle.

Je lui lance un regard d'excuses et laisse faire le froid sur mon nez. Quand, je ne le sens plus pulser comme un cœur en train de battre, je me décide à dire à Xander ce qui m'amène.

— Jayla est partie, elle n'est plus dans son appartement.

— Et ça t'étonne ? rétorque-t-il en levant un sourcil.

Je lui lance un regard noir, puis hoche la tête.

— Non, ça ne me surprend pas. J'ai un peu merdé sur ce

coup-là.

— Je ne te le fais pas dire. Et donc, qu'est-ce que ça a à voir avec ton problème ? me demande-t-il, en croisant les bras.

— Je dois savoir où elle est. Il… il faut que je lui parle.

— Et pourquoi tu veux lui parler ? Tu ne penses pas en avoir assez fait comme ça ?

— Je veux qu'elle revienne ! m'exclamé-je et aussitôt Xander me rappelle à l'ordre d'un coup derrière la tête.

— Je veux qu'elle revienne, répété-je en chuchotant, cette fois-ci. Il faut qu'elle revienne.

Xander laisse échapper un sifflement discret.

— Si je m'attendais à ça ! On dirait bien que ce bon vieux Tom est amoureux !

Je réprime un mouvement d'humeur et darde sur lui un regard noir. Malgré tout, je ne cherche pas à le contredire. C'est l'entière vérité.

— Bon, tu vas m'aider ? lui demandé-je avec impatience.

Le regard glacial qu'il me lance n'augure rien de bon, mais au bout d'un certain temps, Xander semble s'adoucir et même, l'ombre d'un sourire amusé finit par apparaître sur son visage.

— Ouais, je vais t'aider, mais pas de la manière que tu aimerais.

— Tu peux être plus précis ? je lâche, en plissant les yeux.

Sans prévenir, il sort de la cuisine. Je me retrouve seul

comme un con avec un sac de petits pois surgelés dans la main. Xander revient très vite et me tend un papier sur lequel est griffonné quelque chose. D'un geste de la tête, il m'intime de prendre connaissance de ce qu'il y a écrit.

— Tu te fous de moi ? marmonné-je après avoir lu.

— Non, mon pote. Tu veux revoir Jay ? Très bien, mais tu vas devoir nettoyer tout ton merdier. D'abord, tu vas appeler tes parents. Ils ont le droit de savoir que tu es vivant. Puis, tu reviendras ici et tu ramperas aux pieds de ta soeur jusqu'à ce qu'elle daigne te pardonner. Et crois-moi, tu as intérêt à être patient, parce que vu comme elle est remontée contre toi, ça va prendre du temps. Et une fois que tout ceci sera arrangé, on fera ce qu'il faut pour que Jay accepte de te parler. Je ne te garantis pas qu'elle accepte, mais on aura au moins essayé.

Je hoche la tête. Xander est décidément un type d'une sagesse surprenante. Bien que tout ce qu'il m'a demandé me semble effrayant, je sais qu'il a raison. J'aurais déjà dû faire tout cela depuis bien longtemps. C'est le moment de commencer à faire les choses correctement. Et pas seulement par ce qu'il y a Jayla à la clé, mais parce que c'est une question de respect et de bon sens. Je le dois à mes parents, à ma soeur. Je me le dois à *moi* également.

— Je peux te demander un truc ? me demande Xander.

Le regard qu'il pose sur moi est étrange, il semble troublé.

— Ouais.

— Avant que tout ne te pète à la figure... Jay et toi... ?

— Non. Il ne s'est jamais rien passé de sexuel, si c'est ce que tu te demandes.

Et cette fois, il rit franchement.

— Eh bien, T-Man. C'est pire que ce que je pensais !

Je ne peux qu'acquiescer.

— Tu n'as pas idée de ce qu'elle représente à mes yeux, murmuré-je avec franchise.

Chapitre 38

Jayla

Je rentre en vitesse dans la maison de mes parents et tape énergiquement mes bottes sur le paillasson. Les premières neiges sont tombées dru et je suis morte de froid.

Je me déshabille et file dans la cuisine rejoindre ma mère. Lorsqu'elle me voit arriver, elle m'offre un sourire qui me réchauffe le cœur. *Voilà.* Cela fait tellement de bien de se sentir aimée et choyée.

— Ça s'est bien passé aujourd'hui, ma chérie ? me demande-t-elle en reportant son attention sur les patates douces qu'elle est en train de peler.

J'avise un plat dans lequel ma mère a fait une salade composée et je chipe un bout de tomate.

— Ouais, on va dire que ça s'est bien passé, réponds-je une fois ma bouche vidée.

— À ce point ?

Je soupire, blasée.

— C'était une sorte d'étude dirigée suivie de travaux pratiques. Entre Stacey qui n'arrêtait pas de dire n'importe quoi et Steve qui refusait de travailler en groupe, sans parler des questions particulièrement stupides du genre « vous recevez un patient dont vous savez que les crises de violences sont dangereuses pour votre sécurité. Dans votre bureau se trouve une collection de poignards mayas. Comment préparez-vous la séance ? »... J'ai eu envie de les poignarder tous, justement.

Maman hoche la tête avec compréhension.

— Ça aurait été dommage de mettre du sang sur tes vêtements, nos invités arrivent d'ici une heure.

Je lève les yeux au ciel.

— Merci, maman, pour ton soutien indéfectible, dis-je dans un rire.

— Moi aussi, je t'aime. Mais je ne plaisantais pas : nous avons du monde à dîner. Tu devrais aller te rafraîchir un peu, ma chérie.

Je jette un coup d'œil sur le plan de travail et m'aperçois en effet qu'elle est en train de préparer à manger pour un régiment. Sans attendre qu'elle fasse une seconde demande, j'acquiesce et me rends immédiatement dans la salle de bains, à l'étage, inutile de chercher à protester. Maman est comme ça : très douce, très souriante, mais lorsqu'elle donne un ordre, il vaut mieux faire ce qu'elle dit sous peine de représailles.

J'ouvre le robinet et m'asperge le visage d'eau, puis je le sèche et me recoiffe en soupirant. Je ne suis pas sûre d'apprécier de jouer la fille sociable, la semaine a été rude à la fac et j'ai fait des heures sup' au centre d'écoute. Je commence tout juste à reprendre du poil de la bête depuis un mois que je suis chez mes parents. Même si mon appartement et mon indépendance me manquent, je crois avoir pris la bonne décision en revenant ici. Si, au départ, je me traînais comme une âme en peine et passais mon temps à pleurer sur mon sort, la patience et l'aide de mes parents m'ont permis de me sortir de l'état léthargique dans lequel je me perdais. Aujourd'hui, je continue à suivre mes cours de psy – grâce au « Je n'ai jamais vu un Waters reculer devant une difficulté. Alors maintenant, tu vas relever la tête, retrousser tes manches et valider cette dernière année, Jayla » de papa. Je me félicite d'avoir écouté son conseil, je n'ai pas suivi des études pendant des années pour tout laisser tomber juste avant la fin !

Cependant, on ne peut pas dire que je suis parfaitement, heureuse. Meg me manque beaucoup. Il m'arrive de l'apercevoir lorsque je vais en cours et dans ces moments-là, je ne peux m'empêcher de repenser à ce que nous avions avant que les choses tournent en eau de boudin. Invariablement, une pointe de culpabilité vient me piquer juste là où ça fait mal et je détourne le regard avant de vaquer à mes occupations. De toute façon, à quoi bon revenir dessus ? Si nous en sommes là, c'est entièrement de ma faute et si jamais ne elle vient à me pardonner un jour, je m'estimerai chanceuse.

Et puis, il y a Tom... et là, je dois dire que le sujet est un peu plus délicat.

Lorsque je pense à lui, je suis partagée entre colère et tristesse. D'une part, parce que je regrette ce lien si particulier qui s'était tissé entre nous, sa présence, nos discussions... les matins où je me réveillais et où il était la première chose que je voyais. Cela sonne horriblement mièvre n'est-ce pas ? C'est justement cela qui me rend furieuse parce que malgré les bons moments, je suis intimement convaincue que sans lui – et surtout ma stupide incapacité à lui résister – je n'en serais pas là. D'ailleurs, quand je suis arrivée chez eux, mes parents ont bien compris que quelque chose n'allait pas et que ce quelque chose en question était en fait quelqu'un. Ma mère m'a serrée contre son cœur et m'a laissée pleurer des heures, quant à papa il a bougonné quelque chose du genre « qu'il ose se présenter ici et je lui ferai regretter d'avoir fait pleurer ma petite fille ». Après cela, j'ai eu droit à une discussion sérieuse avec lui. Une de celles où il parle et moi, j'écoute. Une de celles où il conclut son monologue par un « Aucun homme ne vaut que tu te mettes dans un tel état et si c'est le cas, il ne te mérite pas » plein de sagesse. J'aime mes parents.

Une fois que j'ai fini dans la salle de bains, je sors pour rejoindre ma mère dans la cuisine, j'imagine qu'elle ne tardera pas à me demander de mettre la table, autant la devancer. Je suis interrompue dans mon élan par la sonnerie de la porte d'entrée.

— Jayla chérie, tu veux bien aller ouvrir ? crie ma mère depuis la cuisine. J'ai les mains pleines de beurre !

Je ris et lui réponds sur le même ton :

— Chef ! Oui ! Chef !

Mon sourire s'évanouit à l'instant où j'ouvre la porte.

Xander se tient devant moi, accompagné d'une Meg qui affiche un sourire timide. L'instant d'après, nous nous jetons dans les bras l'une de l'autre en pleurant à chaudes larmes. Après un long moment à sangloter, elle me serre fort contre elle.

— Je suis désolée, Jay. Tu m'as tellement manqué ! murmure-t-elle au moment où je lui avoue la même chose.

Nous éclatons de rire en essuyant nos larmes sous le regard de Xander, qui malgré tous ses efforts n'arrive pas à dissimuler un soulagement évident.

Mon père arrive sur ces entrefaites. Il salue le fiancé de Meg puis nous enjoint de bien vouloir rentrer dans la maison sur un ton bourru. Ma meilleure amie et moi sommes les premières à suivre son conseil et nous passons le seuil en bavardant joyeusement, histoire de nous mettre à jour après ce mois passé l'une loin de l'autre. Le soupir de mon père ne m'échappe pourtant pas, ni son commentaire à Xander.

— Eh bien, il était temps !

La réponse de ce dernier ne tarde pas.

— Je suis bien d'accord !

Chapitre 39

Jayla

Le dîner se déroule à merveille. Meg et moi monopolisons la conversation sous les regards bienveillants de mes parents et le sourire moqueur de Xander. Il ne m'a pas fallu longtemps pour découvrir que tous trois étaient responsables de ce dîner de réconciliations et je ne pourrais jamais assez les remercier. Meg et moi n'attendions que ce genre d'occasion pour avoir une discussion franche et ouverte, mais comme nous sommes l'une et l'autre trop fières pour faire le premier pas, il aurait pu se passer des lustres avant que l'une de nous ne le fasse. Bien entendu, sur les « conseils » avisés de Xander et mes parents, nous avons pris quelques minutes en aparté afin de poser les choses à plat. Et, même si je n'aime pas que l'on se mêle de mes affaires – un comble pour une future psy – j'avoue qu'ils ont eu raison d'agir comme ils l'ont fait.

Le poulet au beurre de cacahuètes de maman est un délice et elle est aux anges lorsque Meg se sert une nouvelle fois. Quant à moi, je souris jusqu'aux oreilles en la voyant manger d'aussi bon cœur.

— Alors, vous savez déjà si c'est une fille ou un garçon ? demandé-je sans pouvoir m'en empêcher.

— Non, c'est un peu tôt, dit-elle en riant. Je ne suis qu'à la fin de mon premier trimestre. Mon médecin m'a dit qu'il fallait attendre encore un peu pour être sûrs.

— Vous ne voulez pas garder la surprise ? intervient ma mère avec un grand sourire.

Meg a des étoiles dans les yeux lorsqu'elle lui répond.

— Je suis trop impatiente pour ça, madame Waters...

— Tu exagères, Meggie, la rabroue gentiment maman. Cela fait un an que je te demande de m'appeler par mon prénom...

Ma meilleure amie hoche la tête en rougissant.

— Vous avez raison... Michelle.

Ma mère lui offre un sourire satisfait et Meg reprend le cours de sa phrase.

— Comme je le disais, je suis trop impatiente. Xander n'était pas trop chaud pour qu'on lui dise si nous attendons une fille ou un garçon, mais j'ai réussi à le convaincre du contraire.

— Ce que femme veut..., rétorque mon père avec philosophie, ce à quoi Xander répond par un soupir dépité.

En les regardant, j'ai l'impression qu'on ne doit pas s'ennuyer une seconde chez eux. Meg était déjà du genre à savoir ce qu'elle voulait, mais j'ai l'impression que depuis l'annonce de sa grossesse, le pauvre Xander doit être aux quatre cents coups. Mais bon, ce n'est pas moi qui vais les plaindre.

— De toute façon, les paris sont déjà lancés, intervient ce dernier et son air fataliste nous fait tous rire.

— Oui, mon père parie sur un p'tit gars, ma mère serait aux anges si nous avions une petite fille...

— Déjà, c'est un miracle si nous n'attendons pas des jumeaux ! la coupe son fiancé, très sarcastique. Quand on voit ce que cela donne...

Aussitôt, Meg le fusille du regard et il fait semblant de se recroqueviller sur sa chaise. Pourtant, l'air un peu gêné de ma meilleure amie ne m'échappe pas. Et comme je n'ose pas lui en demander la raison – je n'ai pas envie que tous croient que je suis intéressée par ce que pense Tom ou encore ce qui peut bien lui arriver – je fais comme si je n'avais rien remarqué. J'ouvre la bouche pour changer de sujet, mais Meg me coupe l'herbe sous le pied.

— Mon frère... quant à lui..., commence-t-elle avec tant d'hésitation que je me sens obligée d'intervenir.

— Ça va, ce n'est pas la peine de prendre des gants avec moi. Tu peux parler de lui sans problème, lui assuré-je avec un grand sourire.

Le regard qu'elle pose sur moi me fait comprendre qu'il n'y a que moi que je trompe avec mes beaux discours. Visiblement, tous ceux qui sont autour de la table lisent en moi comme dans un livre ouvert. C'est fâcheux. Je relève le menton pour encourager mon amie de continuer.

— Mon frère pense que ce sera un bébé. Et pour info, même si je l'aime, je pense toujours que c'est le pire idiot que la terre ait porté, débite-t-elle d'une traite.

J'ignore sciemment la note de compassion que je décèle

dans sa voix. Je n'ai pas besoin qu'on me prenne en pitié. Il est arrivé ce qui est arrivé – c'est à dire, quand on fait le compte, rien de bien transcendant – et je suis une grande fille.

Rien de transcendant ? À qui tu veux faire croire ça ?

Je fais taire ma petite voix intérieure en ramenant le sujet sur Meg.

— Et du coup ? Comment tu vas faire avec tes exams de fin d'année ? Tu comptes bien passer ton diplôme ?

Avec un soulagement évident, elle s'empresse de répondre.

— Oui, bien entendu ! Cela va être un peu chaud, mais j'ai obtenu du Doyen de repasser les épreuves si jamais je devais être indisponible.

— Et on dit merci qui ? intervient Xander.

— Merci, Alexander Laroche, chantonne-t-elle avant d'attraper la main de son fiancé et de la porter à ses lèvres pour y déposer un baiser.

Mes parents et moi attendons patiemment des précisions.

— Il leur a promis un don assez conséquent, nous dit-elle sur le ton de la confidence.

Je me lève de ma chaise et, par-dessus la table, je décoche un petit coup dans l'épaule de Xander.

— Bien joué, petit génie !

Je suis heureuse que l'argent qu'il a gagné avec ses dernières inventions ait servi à quelque chose. Mais je n'en attendais pas moins de lui, il est du genre à tout faire pour les gens qu'il aime.

— Et toi ? me demande Meg, interrompant le fil de mes pensées.

— Euh... je n'attends pas de bébé, si c'est la question que tu te poses.

Nouveau regard noir de ma meilleure amie. Elle commence à exceller dans ce genre d'exercice, je suis prête à parier qu'elle réussira à impressionner son enfant, si elle s'entraîne encore un peu. Mais tous les yeux sont désormais tournés vers moi et, à regret, je garde ma boutade pour un autre moment.

J'inspire profondément puis relâche l'air longuement.

— J'ai décidé de rendre les clés de l'appartement. Hank et moi avons rendez-vous lundi pour faire l'état des lieux.

Ma meilleure amie écarquille les yeux de surprise.

— Mais... où est-ce que tu vas vivre ?

J'éclate de rire.

— Ici, qu'est-ce que tu crois ! Je suis super bien chez papa et maman !

Mon père manque de s'étrangler, mais avant qu'il ait dit quoi que ce soit, ma mère lui décoche un coup de coude dans les côtes. Pas discret pour deux sous. Puis elle sourit à notre tablée.

— Mais bien sûr, ma chérie... nous sommes ravis de t'avoir à la maison !

— Si c'est ce que tu veux..., lâche Meg, visiblement à court de mots.

Je braque mes yeux dans les siens et lui rétorque avec autant d'aplomb que possible.

— Oui, c'est exactement ce que je veux.

Chapitre 40

Jayla

Après que Xander et Meg sont rentrés chez eux, j'aide mes parents à ranger la maison. Depuis mon annonce concernant ma volonté de revenir habiter définitivement chez mes parents, mon père est étrangement silencieux et cela me met assez mal à l'aise. J'ai l'impression qu'il n'est pas heureux de ma décision, pourtant, vu comme nous sommes proches, j'aurais cru le contraire. Alors, ne voulant pas faire durer cette ambiance particulièrement pesante, une fois le lave-vaisselle rempli et mis en route, je vais le rejoindre au salon. Comme un fait exprès, maman retourne dans la cuisine pour nous faire du café. Une boule d'appréhension dans la gorge, je m'installe à côté de lui, puis après avoir pris une profonde inspiration, je me lance.

— Quelque chose ne va pas ? je lui demande avec douceur.

— Non, ma chérie, tout va bien, je t'assure.

— Ce n'est pourtant pas l'impression que ça donne, papa, insisté-je avec inquiétude.

Il soupire longuement puis me fixe intensément de ses yeux si semblables aux miens.

— Je suis donc si facile à déchiffrer, petite fille ?

Ce surnom affectueux sorti tout droit de mon enfance me fait sourire et ce, malgré le fait qu'il soit aussi synonyme d'une discussion sérieuse. Je hoche la tête avant de répondre.

— Je te connais bien, mon papa. Je sais que lorsque tu ne dis pas un mot durant un long moment, c'est que quelque chose te tracasse. Ça a quelque chose à voir avec mon retour ici ?

Il acquiesce d'un air grave.

— Exactement, Jayla chérie.

Je me rembrunis aussitôt, quelque peu blessée d'avoir vu juste.

— Je peux aussi chercher autre chose, si ça te dérange, rétorqué-je sèchement. Je pensais que j'étais la bienvenue ici. Apparemment, ce n'est pas le cas.

Il attrape mes mains entre les siennes et me les serre avec force.

— Non, ma chérie, ce n'est pas ce que j'ai dit. Bien sûr que tu es la bienvenue ici et ne pense plus jamais le contraire ! Ce qui me chagrine, c'est plutôt le fait que tu résilies ton bail pour une mauvaise raison.

— Je ne vois pas de quoi tu parles, dis-je du bout des lèvres.

Ma mère choisit ce moment précis pour refaire son apparition. À moins qu'elle ne soit restée à nous écouter depuis plus longtemps que ce que je pensais. Elle pose les tasses sur la table basse devant nous et m'adresse un regard courroucé.

— Jayla Waters, me gronde-t-elle. Tu ne crois pas qu'il est plus que le moment de nous dire ce que t'a fait ce garçon ?

Elle soupire d'agacement.

— J'ai élevé une fille combative, mais je ne sais pas ce qu'elle est devenue. Je ne pensais pas te voir abandonner aussi facilement tes désirs d'indépendance, ma chérie !

Alors, devant son insistance, je leur avoue la raison de mon retour chez eux, puisque je leur en avais pas parlé seulement dans les grandes lignes Sur le moment, cela m'était apparu inutile de leur donner tous les détails et puis j'avais eu peur qu'ils me reprochent mes mauvaises décisions. Une fois que j'ai fini mon récit, je baisse la tête, m'attendant à recevoir des reproches qui, pour le coup, seraient tout à fait justifiés, mais mon père me surprend en me faisant un câlin.

Je le regarde sans comprendre.

— Tu sais, ma puce, parfois, certains hommes sont un peu…

— Stupides ? l'interrompt ma mère en levant les yeux au ciel.

— Ta mère a raison, tu sais.

— Amen ! Il était temps que tu le dises, mon amour, exulte-t-elle.

Mon regard passe de l'un à l'autre, et je ne peux retenir un gloussement en les voyant se chamailler ainsi. Ils s'aiment et cela a l'air de tellement couler de source entre eux. Bien entendu, ils ont traversé des épreuves, mais d'aussi loin que je m'en souvienne, ils en sont toujours ressortis plus soudés. J'espère un jour connaître la même sérénité auprès de quelqu'un. J'espère que lorsque je le rencontrerai, ce sera comme eux : évident.

Ma mère vient s'asseoir à son tour près de moi et elle me colle un baiser sonore sur le front.

— Je ne te l'ai jamais raconté, mais au début de notre relation, ton père a failli me perdre.

Je hausse les sourcils, abasourdie ; en effet, je ne connaissais pas cette histoire. Comment ont-ils pu me la cacher toutes ces années ? Papa me fait un sourire gêné et je croise les bras, prête à l'écouter.

— En effet, je n'ai pas toujours été l'homme sans défauts que tu connais.

Je ricane. Rien qu'à sa façon de présenter les choses, je sens que son anecdote n'est pas glorieuse.

— J'étais dans l'équipe de base-ball de la fac et j'étais plutôt doué. Comme tu dois t'en douter, j'étais assez populaire auprès des jeunes filles. Mais déjà, je n'avais d'yeux que pour ta mère qui, elle, ne s'intéressait pas du tout à moi. Elle aimait les intellectuels, discrets... un peu fades, quoi et moi, j'étais tout le contraire. J'ai essayé à plusieurs reprises de l'inviter à sortir, mais à chaque fois, je me prenais une veste. Alors, j'ai fait comme tout homme aurait fait à ma place, j'ai joué les hommes des cavernes. Aucun type ne pouvait plus l'approcher, à moins de vouloir se retrouver en très mauvaise posture, avec au minimum un bel œil au beurre noir. Bien entendu, j'ai fait ça discrètement : les gars de l'équipe m'ont refilé un coup de main et si jamais un intello faisait mine d'approcher de Michelle, il lui transmettait un message de ma part et évidemment, cela en impressionnait beaucoup. Plus le temps passait, plus ta mère était seule. Et un jour, elle a découvert mon manège, elle m'a flanqué le plus bel uppercut qu'il m'ait été donné de recevoir, mais ce qui m'a fait le plus mal, c'est la déception que j'ai lue dans son regard. J'ai ramé pendant presque un an avant qu'elle daigne reposer ses yeux sur moi. J'ai dû faire preuve de créativité et surtout de patience. La suite, tu la connais, nous nous sommes vus pendant plus de deux ans avant qu'elle fasse de moi un honnête homme. Oui, j'ai eu un sacré paquet de chance qu'elle veuille encore de moi après le tour que je lui avais joué.

Ma mère hoche la tête et la fierté illumine ses traits.

— Tu vois, ma chérie. Même le plus idiot des hommes mérite qu'on lui laisse sa chance, murmure-t-elle en me serrant contre elle.

Je comprends ce que mes parents essaient de me dire, mais Tom et ses casseroles m'apparaissent toujours comme impossibles à surmonter. Je me dégage doucement de son étreinte et secoue la tête, me sentant brusquement affreusement triste.

— Je ne crois pas que ce soit possible, maman. C'est trop compliqué, murmuré-je dans un souffle.

À nouveau, elle m'embrasse sur le front et je sens qu'elle m'a comprise.

— Bien, ma chérie. Si c'est vraiment ce que tu veux...

Elle n'ajoute rien.

Nous buvons nos cafés et très vite, je monte me coucher, littéralement épuisée.

Le week-end passe à la vitesse de l'éclair et lorsque j'ouvre les yeux, c'est déjà lundi.

Je me lève péniblement et j'ai l'impression de porter tout le poids du monde sur mes épaules. La douche n'arrive même pas à me donner un coup de fouet malgré le temps que j'y passe. De retour dans ma chambre, je passe des vêtements chauds et attache mes cheveux, puis une fois prête, je descends prendre un café. Ma mère est déjà partie et mon père, sur le pied de guerre, opérationnel pour une nouvelle journée de travail.

Voyant ma mine de déterrée, il me sert une tasse de café et me la pose devant moi. Que ferais-je sans lui ? Après quelques minutes durant lesquelles il lit son journal en silence, il se lève, pose son mug dans l'évier puis vient me claquer une bise sonore sur la joue.

— Bonne journée, ma chérie. On se voit ce soir ?

Je hoche la tête, incapable de prononcer un mot. Je suis d'une humeur maussade et même parler me semble être un effort surhumain. La journée commence bien.

— Tu as besoin de mon aide pour… tu sais, l'appartement ?

— Nan, ça ira, coassé-je. Merci, papa.

Il m'observe un instant, les sourcils froncés, puis il me fait un clin d'œil avant de se rendre dans l'entrée. Il me crie un « À ce soir, petite fille ! », puis la porte se referme dans un claquement.

Je suis à nouveau seule.

Je tourne la tête vers la fenêtre en entendant la voiture de mon père et frissonne lorsque je vois le ciel, gris-blanc et bas. Il va sans doute à nouveau neiger aujourd'hui. Je termine mon café, puis comme mon père, dépose ma tasse dans l'évier et me dirige à mon tour dans l'entrée. D'un geste mécanique, j'enfile un bonnet, mon manteau puis attrape mon sac. Je sors et prends la direction du coin de la rue pour aller attraper un tramway, mes pieds commencent à prendre l'eau. Tout en avançant, je me demande si je ne devrais pas songer à m'acheter une voiture, cela m'éviterait de dépenser de l'argent dans les transports en commun pour me rendre à la fac. Par contre, il faudrait que je paye l'essence et l'assurance, peut-être que cela reviendrait au même, il faudra que je fasse le calcul. En tout cas, une chose est sûre, avoir mon propre véhicule garé juste devant la maison de mes parents m'éviterait d'avoir les pieds mouillés.

Mouillés ?

C'est là que je percute.

Je baisse les yeux sur mes chaussures et m'aperçois que je porte encore mes chaussons. Je fais demi tour en rouspétant d'agacement. Vu comme la journée commence, je peux parier que la suite ne va pas être mieux si je ne me secoue pas un peu.

De nouveau, je rentre dans la maison de mes parents, ôte mes chaussons puis monte deux à deux les marches jusqu'à l'étage.

Le temps de me sécher les pieds, de remettre une nouvelle paire de chaussettes, je m'exhorte à arrêter de faire n'importe quoi, puis je redescends, chausse une paire de bottes et repars à la hâte. Mes cours commencent dans moins d'une heure, j'ai plutôt intérêt à ne pas traîner si je ne veux pas arriver en retard.

Chapitre 41 —
Jayla

La nuit est presque tombée quand j'arrive devant l'immeuble où se situe mon appartement – bientôt, mon ancien appartement – et comme je l'avais pressenti ce matin, il commence à neiger. Dans le hall, Hank m'attend déjà et je me dépêche d'entrer au chaud. Il me salue d'un geste de la tête puis nous montons les deux étages.

Arrivés sur le palier, il se tourne face à moi.

— Tu es sûre que tu ne veux pas réfléchir plus longtemps, Jayla ?

Je secoue la tête négativement.

— J'en suis sûre. Et puis, cet endroit ne me rappelle pas que des bons souvenirs, alors...

— D'accord, tu n'as pas besoin de m'en dire plus, ma grande, bougonne-t-il. Allons-y, tu veux bien ?

Je le suis sans un mot, réprimant un soupir résigné et de nouveau, je me sens abattue. Depuis, ce matin, ce sentiment ne m'a pas lâchée, j'espère que rendre ces foutues clés changera la donne. Devant le paillasson, Hank attend que j'ouvre la porte.

Alors, je mets la clé dans la serrure et déverrouille, puis pose la main sur la poignée. Ça y est, c'est la fin.

La sensation d'être arrivée au bout de quelque chose, de boucler la boucle, me submerge et je ne peux empêcher qu'une pointe de tristesse me serre la gorge. Il y a tout juste quelques mois, je faisais le même geste, mais pour prendre possession de mon nouveau chez moi ; aujourd'hui, j'en repars. *Je n'étais peut-être tout simplement pas prête ?*

— Ça va, Jayla ? ?

La voix bourrue de Hank me sort de mes pensées et je hoche la tête.

Comme il a une carrure imposante, Hank fait un pas de côté pour me laisser la place, et je pénètre dans ce qui sera bientôt de l'histoire ancienne. J'allume la lumière et avance avant de me rendre compte que le proprio n'est pas sur mes talons. Je me tourne et lui lance un regard interrogateur, mais il m'observe d'un drôle d'air.

— Qu'y a-t-il ? Vous avez oublié quelque chose ?

— Non. Mais je crois que vous avez des choses à vous dire.

— *Vous* ? répété-je, saisie par un désagréable frisson d'appréhension.

L'homme fait un signe du menton et Tom apparaît soudain, sortant du salon.

J'arrête de respirer.

Derrière moi, Hank me parle, mais je n'entends pas ce qu'il me dit, tout mon être étant obnubilé par celui qui se tient face à moi. Grand. Ténébreux. Troublant. Superbe.

Le claquement de la porte me fait sursauter et instantanément, je retrouve mes facultés.

— Qu'est-ce que tu fais là ?

Ma voix claque sèchement et il tressaille imperceptiblement.

— Je t'attendais.

Je tourne les talons en direction de la sortie, consciente d'une seule chose : je dois sortir au plus vite.

— Laisse-moi dix minutes pour te parler Jay, me dit-il d'une voix forte dans mon dos.

Je m'arrête net, mais refuse de lui faire face.

— Tu en as cinq. Et pour toi, c'est Jayla.

J'entends son soupir et bien que je m'en défende, il me serre un peu plus le cœur.

— Viens. Allons nous asseoir, me propose-t-il d'une voix douce et comme il me voit hésiter, il rajoute : « Hank est derrière la porte. Tu pourras toujours crier si tu as besoin d'aide. »

Je capitule et le suis dans le salon. Je m'assois sur mon canapé et jette un coup d'œil circulaire dans la pièce. Je suis étonnée de voir qu'en un mois, rien n'a changé, tout est comme si j'étais partie la veille. C'est propre.

Debout, face à moi, Tom passe une main nerveuse à l'arrière de son crâne.

— J'ai fait un brin de ménage avant ton arrivée, m'explique-t-il en voyant le froncement de mes sourcils. Je me suis dit que ça te ferait plaisir.

Je renifle de dédain.

— Tu t'es donné du mal pour rien, puisque je ne compte pas rester.

— Je sais, murmure-t-il.

Je suis si surprise par la tristesse contenue dans le ton de sa voix que je pose les yeux sur lui. Et c'est à cet instant précis que je me rends compte qu'il a quelque chose de différent. Il semble... plus heureux, mais également épuisé. Son regard est toujours le même, mais il semble éteint. Quant à ses mains, elles sont agitées de tremblement nerveux. Aussitôt, une horrible pensée me traverse l'esprit.

— Tu as repris quelque chose ? je demande d'une voix blanche.

Ses yeux azur s'écarquillent de stupeur.

— Quoi ? Non, bien sûr que non !

Je réprime un soupir de soulagement. Pourtant, son comportement nerveux n'en est pas moins rassurant. Je n'arrive pas à comprendre ce qu'il a, ni ce qu'il fait là et mon agacement monte d'un cran.

— Tu me manques.

Je sursaute en entendant ses mots et le rire froid que je laisse échapper me surprend moi-même.

— Pardon ? je lui demande sèchement.

— Tu me manques.

Je me relève, ne pouvant plus en supporter davantage.

— Tu n'arrives pas à dormir, c'est ça ?

Il secoue la tête.

— Je vois quelqu'un... un thérapeute. J'ai des médicaments que je prends en cas de besoin, mais...

Je l'interromps avant qu'il ne m'en dise plus, cela ne m'intéresse pas.

— Je suis contente pour toi, rétorqué-je. Tu as fait ce qu'il fallait et je sais que tu vois à nouveau Meggie. Bravo, Tom. C'était le mieux qui pouvait t'arriver. Maintenant, si tu veux bien m'excuser, je dois faire cet état des lieux.

Je tourne les talons pour aller chercher Hank, mais j'ai à peine fait quelques pas que Tom me retient par le bras et d'un geste, il me fait pivoter jusqu'à ce que je sois face à lui.

— Ne fais pas ça, lui dis-je d'une voix tremblante, mes yeux obstinément fixés sur son torse

— Si, justement. Je dois le faire.

Avec une douceur bouleversante, il relève mon menton et me force à plonger mon regard dans ses prunelles azur. Limpides. Sincères. Vulnérables.

Mon cœur oublie de battre.

— Reviens, Jay. Tu me manques. Ce que nous avions me

manque.

— Nous n'avions rien, protesté-je et seul un filet de voix sort de ma gorge.

Il fait courir ses doigts sur ma joue et instinctivement, je ferme les yeux sous la caresse. Dans ma poitrine, mon cœur s'affole avant de s'arrêter une nouvelle fois.

— Regarde-moi, s'il te plaît.

Je réponds à sa supplique en ouvrant les paupières et durant un instant, un éclair de soulagement traverse son regard avant d'être remplacé par autre chose. Et cette autre chose me bouleverse autant qu'elle m'effraie.

— Je peux la voir dans tes yeux. La panique. Qu'est-ce qui t'effraie tant ? chuchote-t-il d'une voix rauque en reprenant son exploration de mon visage du bout des doigts.

Un sanglot monte du plus profond de mon être. Je sais que si je ne m'en vais pas immédiatement, les vannes ne résisteront pas longtemps. Mais je reste immobile, mon regard toujours captif de celui de Tom. C'est l'effet qu'il me fait depuis le départ, à son contact, je suis incapable d'agir de manière cohérente.

— Qu'est-ce qui te fait peur ? me demande-t-il à nouveau, cette fois d'une voix plus assurée.

— Toi. Tu es brisé et je ne sais pas si je peux te réparer, murmuré-je au bout d'une éternité.

Soudain, il m'attire dans ses bras et me serre contre lui. Ses mains glissent dans mes cheveux et il me berce contre son corps. J'entends son souffle, les battements puissants de son cœur contre mon visage.

— Nous sommes tous brisés, c'est ainsi que la lumière peut entrer, me dit-il à l'oreille, citant une phrase d'Hemingway.

Puis il me repousse afin de pouvoir saisir mon menton qu'il relève vers lui avec douceur et, juste avant qu'il ne se penche vers moi, j'ai le temps de *le* voir.

L'amour. Celui qu'il me porte. Celui qui est l'exact reflet du mien.

Il pose alors ses lèvres sur les miennes.

Je respire à nouveau.

Épilogue

Tom

Je regarde avec amusement Xander s'exciter devant le miroir.

Il s'est passé presque deux ans depuis nos retrouvailles et je suis heureux que tout soit redevenu comme avant. Ma sœur et mon meilleur ami sont devenus parents depuis près d'un an, et même si leurs nuits sont courtes, je ne les ai jamais vus si rayonnants. Bien sûr, tout ne s'est pas déroulé comme prévu. Ma nièce ayant décidé de pointer le bout de son nez pile dans la période des examens de fin d'année, ma sœur a été obligée de les repasser à la session de rattrapage. Malgré ce contretemps, elle a décroché son diplôme haut la main. Mais ce n'est pas comme si c'était une surprise…

Xander tape à présent du pied, tant il est excédé. Vais-je aller le secourir et lui attacher sa cravate ou est-ce que j'attends encore un peu ?

— Putain ! Mais qui a inventé ce truc ? peste-t-il en l'arrachant avant de la balancer au sol.

Je ricane puis me décide à ramasser le malheureux morceau d'étoffe innocent. Puis je place correctement le bout de tissu sous le col de sa chemise et fais le nœud de cravate en sifflotant gaiement.

— Et voilà ! m'exclamé-je en tapotant sur l'épaule de mon meilleur ami. Tu vois, il n'y avait pas besoin de s'énerver !

Xander laisse échapper un claquement de langue agacé.

— Bien sûr..., Môssieur a appris à faire les nœuds de cravate durant ses classes ! Aucun mérite !

Je hausse les épaules avec désinvolture puis entreprends de dérouler les manches de ma chemise – jusque-là remontées au niveau des coudes. Comme à chaque fois que mes yeux se posent sur mon avant-bras gauche, je ne peux m'empêcher de sourire à la vue de mon tatouage. *Beautiful.* Lorsque Jayla et moi avons ressenti le besoin d'officialiser notre relation, j'ai fait ce mot graver à l'encre sur ma peau. Cela peut paraître désuet, voire complètement mièvre, mais pour moi c'était une façon de me souvenir que même dans les heures sombres, la vie est belle.

Après avoir attaché les boutons de manchette à ma chemise, je lève les yeux vers Xander qui continue de râler.

— C'est sûr que si tu passais un peu moins de temps à faire tes trucs de geek, tu aurais su comment faire. Tu devrais songer à inventer une appli pour ça aussi, lui rétorqué-je dans un rire narquois.

Il me fusille du regard, mais je ne lui en tiens pas rigueur, aujourd'hui est un jour spécial.

Je regarde nos reflets et décoche une bourrade dans son épaule, un large sourire aux lèvres.

— Toujours prêt à faire le grand saut ?

— Et te faire chier en tant que beau-frère ? Plutôt deux fois qu'une, T-man.

On frappe un coup à la porte et la tête de mon père apparaît dans l'embrasure.

— Les garçons ? On n'attend plus que vous, nous presse-t-il et l'éclat ému de son regard ne m'échappe pas.

Je hoche la tête et après une dernière vérification, nous le suivons.

Dehors, le soleil est déjà haut dans le ciel et malgré l'heure matinale, il fait déjà chaud. J'ai hâte de pouvoir tomber la veste. Nous traversons la pelouse derrière la maison de Nonna, la regrettée grand-mère de mon meilleur ami, et j'ai une pensée émue pour elle. Je suis sûr qu'elle aurait aimé cette journée. Nous avons tout fait pour la rendre parfaite, afin que même si elle n'est plus parmi nous, elle corresponde à ce qu'elle aurait voulu.

Les invités sont tous installés sur les chaises que nous avons disposées dans le jardin et Xander et moi les saluons, tandis que nous nous dirigeons vers l'estrade autour de laquelle Xander a fait installer des arceaux de roses thé. Je lui lance un regard en coin : il n'a d'yeux que pour ma soeur qui l'attend dans sa robe blanche. Nous ralentissons le pas en arrivant à la hauteur de ma mère. Xander lui murmure quelques mots puis caresse la petite tête de son bébé – qu'elle tient entre ses bras – d'un geste tendre. J'attends mon tour patiemment, puis lorsqu'il se remet en route, j'embrasse maman. La petite Faith dort paisiblement et mon cœur de tonton se gonfle lorsque je dépose un bisou sur le bout de ses petits doigts potelés. Puis après un dernier sourire, je me hâte de rejoindre mon meilleur ami : étant son témoin, je ne peux pas le faire attendre.

À présent, Xander et Meggie se tiennent par la main et, après un dernier regard vers les invités, ils se tournent vers le pasteur. Je me tiens à la gauche de mon meilleur ami et Jayla, à droite de ma soeur. Nos yeux se croisent et un bonheur indicible me submerge comme à chaque fois que je suis près d'elle. Je m'estime chanceux qu'elle ait bien voulu de moi après ce que je lui ai fait traverser quelques mois auparavant. Elle est mon phare dans la nuit, elle est le baume qui apaise mes blessures. Je la fixe tandis qu'elle laisse échapper une larme d'émotion alors que Meg et Xander échangent leurs vœux. Elle est tellement sensible. Mais qui ne le serait pas en un tel jour ? Moi-même, je me sens fébrile. Je n'aurais jamais cru qu'un tel jour arriverait dans ma vie. Si je m'étais toujours plus ou moins douté que Meggie et Xander finiraient par s'unir – après tout, mon meilleur ami est amoureux de ma sœur depuis qu'il a quinze ans –, je ne pensais pas que mon tour viendrait si vite. Et si l'on m'avait dit qu'un beau jour, je serais là, sur le point de me marier en même temps que ma sœur jumelle, j'aurais hurlé de rire. Pourtant, nous y voilà.

Avec Jayla, tout s'est très vite enchaîné. J'ai profité qu'elle ait résilié son bail pour lui demander de vivre avec moi. Elle a refusé. Je ne l'ai pas prise au sérieux et l'ai basculée en travers de mon épaule, comme un homme des cavernes, ramenant sa femelle dans la grotte. De nouveau, elle a refusé. Et même après une partie de jambes en l'air absolument mémorable, j'ai essuyé un nouveau refus. Et ils se sont enchaînés durant six mois, jusqu'à ce qu'enfin à force de persévérance, elle accepte ma demande – ma supplique, selon elle. Blague à part, je pense qu'elle a d'abord attendu de valider son master de psycho avant de s'engager et d'ici un an, elle pourra ouvrir son propre cabinet. Je suis tellement fier d'elle !

Pour ma part, j'ai obtenu ma licence d'éducation et j'enseigne aujourd'hui la littérature classique dans un lycée privé. Ce n'est pas toujours facile de capter l'attention des jeunes, mais lorsque j'y parviens, c'est une victoire et je sais que j'ai bien fait de m'engager dans cette voie.

Le pasteur toussote et je me rends compte que, maintenant, c'est moi qu'il attend.

C'est mon tour. Notre tour.

Alors, je reprends mes esprits et m'avance le cœur battant à tout rompre, priant pour ne pas dire de bêtises. Je plonge ma main dans ma poche et en tire une feuille de papier que je déplie nerveusement. Et lorsque je plonge mes yeux dans les prunelles whisky de Jayla, cette fois, mon cœur marque un arrêt et je commence à lire d'une voix tendue.

— Je ne suis pas parfait. Je t'ennuierai, je t'énerverai et je te dirai certainement des choses stupides (rires de l'assemblée). Puis je reviendrai sur tout ce que j'ai dit, essaierai de rattraper les conneries que j'aurai faites. Mais, si tu veux bien passer au-dessus de tous mes défauts, tu ne trouveras jamais personne qui prendra soin de toi et t'aimera autant que moi. Et parce que tu es ma lumière dans l'obscurité, je m'unis à toi, Jayla.

Les doigts agités de tremblements, je glisse l'anneau à son annulaire et porte immédiatement sa main à mes lèvres sans la quitter du regard.

— Il n'y a pas un jour où je ne remercie pas cet instant où je t'ai percuté dans le couloir. Et s'il fallait une fois encore me recevoir des spaghettis aux boulettes de viande dans les cheveux pour que nos deux cœurs entrent en collision, alors je recommencerais sans hésitation. Et parce que tu fais ressortir le meilleur de moi, je m'unis à toi, Tom Connoly.

Je n'entends plus ce qui se passe autour de nous. Plus rien ne compte à part elle. Nous. Mon front pressé contre le sien, je puise ma force en elle et elle puise la sienne en moi.

Et lorsque je pose mes lèvres sur les siennes…

Je sais que je suis chez moi.

Fin.

Au départ, il y a eu Irrésistible Love. L'histoire de Meg et Xander a été sympa à écrire et comme la plupart de mes personnages, ils m'ont fait vibrer à travers les lignes que je posais. Pourquoi je parle d'Irrésistible ? Tout simplement que c'est à ce moment-là qu'est né le personnage de Tom et que plus j'avançais dans les aventures de sa sœur, plus je me disais « Ce n'est pas possible, je ne peux pas le faire réapparaître dans ce chapitre… là non plus… » et finalement, il m'est apparu que Tom ne pouvait pas avoir son histoire dans celle de Meg et Xander. Et plus je réfléchissais, plus je me disais qu'il lui fallait sa propre histoire. J'espère que celle-ci vous a plu et a fait battre votre cœur autant que le mien en l'écrivant. N'hésitez pas à me faire part de votre ressenti sur Amazon ainsi que sur ma page Facebook, je suis toujours ravie d'avoir vos retours. Et c'est d'abord à vous que s'adressent ces remerciements car, livre après livre, vous me comblez de joie.

Bien entendu, je n'oublie pas mon mari et graphiste, Will Salvatore, qui travaille à mes côtés jour après jour, après jour, après jour… (on peut aller loin, comme ça, chéri). Puisses-tu continuer à me seconder encore de nombreuses années. À ma Binômette Chérie dite madame Ence, qui est devenue au fil des mois celle qui occupe la partie gauche (ou droite, ça dépend) de mon cerveau. Alors, j'espère que nous continuerons de nous éclater, d'inventer des mots chelous (Majustrules, Mijuscules) et surtout, de compter l'une sur l'autre.

À mes enfants, vous êtes mon moteur.

À mes amies, virtuelles ou réelles, Virginie, l'autre Virginie, Clem (encore toi), Carine…

Aux nouvelles venues qui m'ont épaulées sur Beautiful, merci pour vos conseils, les filles, vous êtes au top. Merci donc à Sonia, Virginie, Shana Keers, Karine G…

À Antha, qui me dépanne au pied levé. Sans toi, on courrait à la cata.

Et puis comme d'hab, à mon opérateur téléphonique, aux bassines de café, au nounours Choco guimauve et autres nouilles chinoises…

Et surtout, aux rêves…

Des bisous,

Maddie.

Avant de partir

J'espère que vous avez apprécié votre lecture. Comme ça m'embêtait de vous quitter comme ça, vous trouverez après cette page deux ou trois bricoles, comme la playlist qui m'a accompagnée durant l'écriture de ce roman, par exemple.

J'espère vous revoir bientôt avec de nouvelles histoires, de nouveaux personnages…

Playlist

Probably me — Sting Feat. Eric Clapton
Catch And Release — Matt Simons (Chapitre 1)
Hard Came The Rain — Rag'N'Bone Man
Way Down We Go — Kaleo (Chapitre 6)
Someone New — Hozier (Chapitre 4)
Human — Rag'N'Bone Man
Better Love — Hozier (Chapitre 22)
Firefly — Ed Sheeran
To Be Alone — Hozier
Work Song — Hozier
Healed — Rag'N'Bone Man (Chapitre 29)
Say Something — A Great Big World & Christina Aguilera
The Bitter End — Rag'N'Bone Man (Chapitre 35)
Save Yourself — Kaleo (Chapitres 36 et 37)
Disfigured — Rag'N'Bone Man
Dark Necessities — Red Hot Chili Peppers
One (Live) — Ed Sheeran (Chapitre 41)

Les muffins à la myrtille

Recette pour 14 petits muffins

Temps de préparation : 10 minutes

Temps de cuisson : 15 minutes

Temps total de la recette : 25 minutes

1 gros oeuf

75 g de myrtilles (fraîches ou surgelées)

80 g de beurre ou de margarine (essayez ce que vous préférez)

Entre 2 et 3 cuillères à café de levure chimique (suivant la consistance souhaitée)

100 g sucre en poudre

100 g de farine

2 cuillères à soupe de lait

Source : www.recette-americaine.com

Le poulet au curry

Temps de préparation : 5 minutes
Temps de cuisson : 15 minutes

Ingrédients (pour 4 personnes)

4 blancs de poulet

2 gros oignons jaunes

1 pot de crème fraîche allégée

curry, cumin, piment, sel, poivre

Préparation de la recette :

Mettre une grande poêle à chauffer.

Couper les oignons en petits morceaux, et les faire cuire à feu assez fort.

Remuer, en ajoutant du curry et du cumin.

Couper les blancs de poulet en morceaux, les ajouter dans la poêle et remettre des épices ; tourner.

Baisser le feu, et ajouter 2 cuillères à soupe de crème. Après 5 min de cuisson, remettre 2 cuillères à soupe de crème et des épices (si nécessaire). Si le plat est fait à l'avance, remettre un peu de crème au moment de réchauffer car la sauce s'évapore.

Les spaghetti aux boulettes de bœuf

Ingrédients (pour 4 personnes)

400 g de spaghetti

Pour les boulettes :

500g de bœuf haché

1 c. à soupe de chapelure

1 c. à soupe de moutarde

1 bouquet de persil

sel, poivre

Pour la sauce tomate :

600 g de coulis de tomates concassées

basilic

2 gousses d'ail

2 bonnes pincées d'origan séché

6 petits carrés de sucre en morceaux

parmesan

huile d'olive

sel, poivre

Préparation de la recette :

Préparez d'abord la sauce :

Ciselez les gousses d'ail et faîtes-les revenir dans une casserole avec de l'huile d'olive. Versez le coulis de tomates, ajoutez du basilic et le sucre. Salez et poivrez, ajoutez de l'origan et mélangez. Laissez mijoter à feu doux, la sauce doit épaissir.

Faites cuire les pâtes en portant à ébullition un grand volume d'eau salée. Plongez-y les spaghetti et laissez cuire en respectant le temps indiqué sur le paquet.

Pendant ce temps, préparez les boulettes de viande :

Mélangez tous les ingrédients dans un bol, d'abord à la fourchette puis à la main.

Façonnez ensuite vos boulettes, pas trop grosses, de la taille de noix.

Dans une poêle, faites chauffer un peu de matière grasse et faîtes-y cuire la viande. Versez la sauce tomate au-dessus lorsque vos boulettes sont cuites et bien dorées.

Quand les pâtes sont cuites, égouttez-les. Déposez-les ensuite dans une assiette creuse, déposez quelques boulettes à la tomate et râpez un peu de parmesan sur le dessus.

Et bon appétit !

Dépot légal Mai 2017

21720000R00172

Printed in Great Britain
by Amazon